ひかり輝く
ものを求めて

ハル・モリシタ
Haru Morishita

ナカニシヤ出版

もくじ

海賊とクジラの海を渡って　プロローグ

二〇二〇年の早春、間もなく満五〇歳になる陽次郎は、五歳年下の妻はると、一五歳で中学校を卒業したばかりの一人娘の陽子を連れて、アフリカへと旅立った。

日本から一万四〇〇〇キロ離れた、地球の裏側に近い南アフリカ共和国のダーバンを目指す船の旅である。

横浜からシンガポールまで貨物船に乗り、シンガポールからダーバンまではまた別の貨物船に乗り込んだ。どちらも女性の乗組員は一人もいない。まったくの男所帯である。客船と違ってラウンジもない。食堂も会議室に毛が生えた程度の天上が低くて狭い部屋だ。乗組員たちは忙しいときには船底で寝るのが普通だ。

それでも乗せてもらえることになるまで、船会社との折衝は大変な困難を伴った。

陽次郎は、高校時代の同級生が東京にあるN社という船会社に勤めていることを思い出した。ちょうど良いタイミングで高校の同窓会が開かれた。その席上、久しぶりに会った彼をつかまえて計画を明かした。

「僕と女房と娘を、君の会社の船に乗せてアフリカまで運んでくれへんか」

「ええ！　正気かい。着くまでに一カ月以上かかるぞ！　飛行機のほうがずっと安くて快適に、一足飛びで行けるやないか」

「いや、飛行機はあかん。ぜひ省エネルギーで環境に優しい船で行きたいんや」

「船と言っても、うちの会社のは客船やなくて貨物船や。ふかふかのベッドや温かい風呂なんてあらへんぞ。夜は船底で積み荷と一緒にほとんど雑魚寝《ざこね》や。お前一人ならともかく、奥さんや娘さん連れじゃ、とっても無理や」

しかし、陽次郎は引き下がらなかった。さらに粘ってたたみかけた。

「迷惑はかけへん。手伝える仕事があれば三人で何でもする。僕はやかましい機関室で寝てもいい。タービン室の音は子守歌に聞こえるし、元々寝付きの良い性質《たち》だから、大丈夫やと思う。ただ、もし希望がかなうなら、女房と娘にだけ、部屋を一つもらえるとありがたい」

「うーん、真面目なお前がそこまで言うんなら、よほどの事情があるんやろうな」

「まあ、そう思ってもらってええよ」

最初は渋っていた友も、陽次郎の決心が固いのを見届けて、ついに折れた。

「分かった。細かい理由《わけ》は聞かへん。おまえには昔、大っきな借りがあるしなあ」

そう言われれば、陽次郎は高校二年のとき、夏山登山で尾根から滑落しかけて足首を骨折したこの友を、ふもとまで背負って下りたことがあった。彼は、そのときの恩を覚えていたのだ。預けっぱなしにしてすっかり忘れていた貯金に思いがけない高額の利息が付いて戻ってきたような気がして、うれしかった。


だが、船の中での生活はそれでいいとしても、まだまだハードルは高かった。

途中、シンガポールで船を乗り換える際、税関での入出国手続きが必要になる。パスポートはもちろん用意するにせよ、貨物船では乗客としての申請は認められない。最悪の場合は密航者として拘束され、あげくの果てに、日本へ強制送還される心配があった。

窮余の策で、女性二人を含む三人とも、貨物船の用務員として申請してもらった。まさにまな板の上の鯉《こい》だった。願いが通じたのか、申請が認められて、それから先の手続きはスムーズに運んだ。

海外へは、陽次郎はこれが三度目の旅。女性たちは初めての旅である。調理の手伝いと料理用務員としての実際の仕事が、船会社から三人に割り当てられた。調理の手伝いと料理の盛り付け、食事部屋と談話室、それにトイレ、浴室の清掃などだった。

航行中の事故に対しては、陽次郎一家は船主側に損害賠償請求を一切しないとの契約書を交わした。また、乗船中は船長の指示に従うことなど、こまごまとした取り決めが文書で提示された。それらの条件をすべて了承したうえで、やっと正式に乗せてもらえることになった。

友に計画を打ち明けてから六カ月。彼は陽次郎たちの希望を詳しく聞いて、会社と粘り強く折衝してくれた。きっと、社内では、いろいろ言われたに違いない。それでも陽次郎には、「悪いなあ、もう少しだから待ってくれよ」と、ときどき連絡をくれるだけで、グチや弱音をめいたことはまったく吐かなかった。

——持つべきものは良き友！

陽次郎は元々、たくさんの友だちを作るのは苦手だ。限られた人数と深く付き合った。この高校時代の同級生は数少ない無比の友である。学校を出て社会人になってからかなり年月は経っていても、会って話をするのに躊躇《ちゅうちょ》しなかった。しかし、このときほど、人の縁《えにし》のありがたさをしみじみと感じたことはなかった。

彼岸までにはまだ間がある三月初め。海から吹き寄せる風は、まだ肌寒かった。陽次郎の一行を乗せた船は、駆けつけてくれた船会社の友に見送られ、横浜港の大黒埠頭《だいこくふとう》を離岸した。誰が歌うのか、「蛍《ほたる》の光」のメロディーが遠くから聞こえてきた。賽《さい》は投げられた。いよいよ決戦のルビコン川を渡るのだという思いが、胸一杯に広がって迫ってきた。

そういえば、この一大決心をしてローマの都に進軍したときのカエサル（シーザー）も、今の自分と同じ五〇歳前後だったはずだ。陽次郎は奇《く》しき偶然を感じないではいられなかった。

最初に乗った貨物船は、主に食料品を積んだ六〇〇〇トン級の船だった。乗組員は船長以下、機関士、航海士、通信士、調理係などの事務部員で総勢二五人。そのうち日本人は船長を含めた一〇人と陽次郎たち三人。残りはアジア系と中南米系の外国人だった。

次のシンガポールで乗り換えた南アフリカへ行く貨物船は、工業用品をコンテナに積んでいた。一万トン級で最初の船より二回りくらい大きかった。外国籍の船長をはじめ、乗組員は三五人。そのうち日本人は一四人。

ありがたいことに、シンガポールまでの船では一〇畳の部屋、シンガポールから南アフリカへの船では一二畳と五畳ほどの二部屋が陽次郎たちにあてがわれた。


横浜で乗船した最初の日、船長が三人を部屋まで案内してくれた。彼はドアの前で取っ手の具合を確認したうえで、鍵を鍵穴に差し込みながら指示した。

「夜は必ず、これで施錠をしてから寝てください。これから渡る東シナ海と南シナ海では、海賊《ギャング》が出没するので」

「え、海賊?!」

――この二一世紀の現代に、まさか。

一瞬、ジョークかと思ってキツネにつままれたような顔をした三人に、船長は真顔で繰り返した。

「そう、出るんです。本物の海賊が」

「怖ーい!」

はると陽子は、心配顔をして肩を抱き寄せ合った。二人が想像以上に反応したので、薬が効きすぎたとみたか、船長はすかさず、

「みんなを脅かすつもりじゃないですよ」

とつけ加えた。

「彼らは、お金が目当て。乗組員の身体に危害を加えることはまずないから大丈夫。たまーに出没するので、もしギャングが襲って来るといけないので、念のためです。そのときは、乗組員みんなでしっかり守るから」

と言い放ち、ワハハ、ワハハと大声で笑った。

乗組員の仕事は、一日三交代制だった。陽次郎たち三人は、朝六時に起床する組と同時に起き、甲板に出て体操をした。食事の用意は調理を担う事務部員が交代でした。三人も野菜を刻んだり、食器への盛り付けなどをした。乗組員たちは代わる代わる陽次郎たちと一緒に食事をとった。

陽次郎たちは週五日、午前中に英語の勉強をした。陽次郎とはるが講師役になり、日本語を使わないで過ごし、セサミストリートの会話に直に慣れ親しんだ。陽子は、若いこと

もあって発音がきれいでのみ込みが早く、吸収力が抜群だった。

昼食が途中に入り、午後は毎日、自室と食堂、談話室を一時間かけて掃除した。それを終えると自分たちの洗濯。続いてミーティングルームで、アフリカの動物や鳥の生態を、日本から持参したＤＶＤを見ながら勉強した。これは後に、ケープタウンから先の奥地を旅したときにとても役立った。

一五時三〇分からは休憩と体操があり、一時間息抜きをするのが日課だった。体操は朝と午後に、ラジオ体操第一と第二をした。乗組員の三人が前に出て合図をかけた。彼らの行動はテキパキして実にさわやかで、日本からの乗組員みんなが彼らを気遣ってくれるのが心地良かった。

外国籍の船員とは英語で意思疎通を図った。みんな人懐っこくフレンドリーだった。中でもフィリッピン人の甲板員とパラグアイ出身の機関部員は、非番のときに陽次郎たちの部屋を訪ね、きれいな英語でいろいろなことを教えてくれた。

彼ら二人は講師役になり、これから始まるレッスンの前に、まだ目が覚めないはると陽子に、「起きて！　起きて！　ジョン！　ジョン！」と、子どもの歌を歌い始めた。

Are《アー》 you《ユー》 sleeping《スリーピング》 Are《アー》 you《ユー》 sleeping《スリーピング》 Brother《ブラザー》 John《ジョン》? Brother《ブラザー》 John《ジョン》? Morning《モーニング》 bells《ベルズ》
are《アー》 ringing《リンギング》 Morning《モーニング》 bells《ベルズ》 are《アー》 ringing《リンギング》. Ding《ディン》, dang《ダン》, dong《ドン》. Ding《ディン》, dang《ダン》, dong《ドン》.

受講生のはると陽子がこれに合わせて歌い始め、さらに朝の起床を知らせる目覚ましのベルがリンリンと鳴って脳を刺激した。最後は鐘の音の「ディン・ダン・ドン」をみんなで歌って締めくくった。この歌を大きな声で歌うと頭の準備体操になり、すっきりした気持ちで毎回レッスンに臨むことができた。

パラグアイ人の機関部員は、母国語はスペイン語だが、カリフォルニアで研修したときに英語を勉強したと言っていた。発音が正確で透き通っていて、レッスンはあっという間に終わった。陽子は毎日、「今朝も来てくれるかな」と言って、この時間を楽しみにしていた。

最初に乗った貨物船は幸い、海賊に出くわすこともなく、無事にシンガポールの港に着岸した。陽次郎親子は船員たちと一緒に、一二日ぶりに上陸した。

陽次郎がシンガポールを訪れるのは、国際学会と、ある県の国際交流協会が主催した学生を対象にした洋上大学に同行して以来である。

洋上大学は夏休みの時期に開催され、講師を務めた大学の先生たちが学生を引率し、広州、シンガポール、パース、ジャカルタを訪れた。陽次郎もその講師の一人で、学生たちに船上で講義をした。

シンガポールの街には今回も、緑と花があふれていた。一〇年前と変わらず、ごみ一つない都市だった。初めてのはると陽子は、なぜこんなに美しいのかと感動した。

上陸後二日間は、マリーナ・マンダリンホテルに宿泊した。後半の南アフリカ、ダーバンへの旅は、日本からシンガポールまでの倍近い二〇日ほどを要する。それに備えて三人は、船から丘に上がった解放感に浸った。思い切り羽を伸ばして船旅の疲れを癒やし、自由な時間を過ごした。

休養を取った後、再び船に乗り込んだ。陽次郎は、乗組員たちが船上で何をして過ごすのだろうと興味を持った。彼らは、オフの日には、ビリヤードやトランプ・ゲーム、キャッチボールに興じた。

ある日、はると陽子は、フイリピン系の船員と日本の船員から、ビリヤードを一緒にやらないかと誘いを受けた。以前、カーリングに興味を持ったことがあった。喜んで仲間に入れてもらった。

船員たちははると陽子に、手とり足取り丁寧にビリヤードの遊び方を教えてくれた。カーリングもビリヤードも敵と味方に分かれて試合をする。相手のボールを枠外に追い払うゲームという共通性があって、二人はすっかりすっかりハマった。狙っているボールに当たると、キャーキャーと大声を出した。

陽次郎は、ポーカーに誘われた。以前、別の旅でオフの時間に乗組員と遊んだのを思い出し、喜んで受けた。四人でするので、かなり頭を働かさないといけないゲームだったが、面白かった。仕事を離れて集まって来た乗組員たちは陽気で、実に良い表情をしていた。シンガポールからの後半の船旅ではポーカーがすっかり定番となり、一回三時間限定で彼らとオフを楽しんだ。

シンガポールから乗った船には、船長を頭に、機関士長、航海士長、事務部門の長で構成する運営会議があり、船長の下、見事な規律と統率力で航海が進んでいた。大学の研究室も大いに見習わなくちゃいけないな、と陽次郎は思った。

ちょっと怖いこともあった。

ある夜のこと、鍵をした部屋のドアの取っ手を、外から誰かが二～三回、回す音が聞こえてきた。

――出た！　海賊か。

陽次郎の頭から、血がさっと引いた。女性二人はすでに寝てしまって白河夜船だった。息を凝らして、海賊かもしれない足音が通り過ぎるのを待ち続けた。やがて音が消えたので、ホッと息をついて再び寝返りをし、睡眠に入った。

「ゆうべ、海賊が来たようだよ」

次の朝、はると陽子に伝えた。二人は、

「いやあ、気付かなくてよかったね」

と言い合った。あれほど怖がっていたくせに、意外と涼しい顔なので、少し拍子抜けした。三人で深呼吸をしてその話は終わった。

日本からシンガポールへの航海でも、後半のアフリカへの航海のときも、時化《しけ》に遭った。辛かった。三人はひどい船酔いに悩まされ、当日のスケジュールをすべてキャンセルした。部屋で横になって、海が静まるのを、ひたすらじっと待つしかなかった。

何度も航海を経験しているベテラン乗組員でさえ、時化のときは船酔いする人が出るそうだ。こればかりは、避けようがないらしい。

東シナ海から南シナ海へと進むときには、西の水平線に沈む太陽を見ることができた。

「わあ、すごい！」

最初に感嘆の声を上げたのは陽子だった。

見渡す限り海、海、海の大海原に沈む夕日。日本ではなかなか見られないスケールだ。心に突き刺さった。赤道直下のマラッカ海峡で見た夕焼けにも圧倒された。

陽次郎は、富山県の立山に登ったときに見た日の出を思い出した。ふもとの室堂《むろどう》から徒歩で一時間半。頂上にある雄山神社に着くと、一日の始まりを告げるまばゆいばかりのご来光が、東の空を見る人に降りかかった。実に神秘的で躍動感がある光景だった。

片やこちらは、静の日没。大自然の雄大な静寂の中に一日が終わる。圧倒的な夕日に向かい合って、陽次郎は、これまでの苦労がすべて報われたような気持ちになった。

インド洋では、クジラの群れに出会った。まだ生まれて間もないと思われる数頭の子どもを、親たちが両側から守るように囲んで、二〇頭ほどが時々潮を吹きながら、洋次郎たちの船と競走するように、のびのびと泳いでいた。

巨大なヒゲクジラで、成体は体長が一五メートル以上あった。うめきとも叫びともつかないいろいろな鳴き声を交わした。ときどき、海面上に豪快にジャンプした。

どうやらザトウクジラのようだった。かつての捕鯨によって一時は絶滅寸前まで激減したが、国際的な保護が功を奏して、近年は生息数が驚異的に回復している、というニュースを聞いたことがあった。

彼らは食物を求めて、熱帯から南氷洋まではるばる旅をするという。大陸や島は間を海や山で隔てられ、人為的な国境でも区切られているが、ここは遮るものがない、ひと続きの大海原なのだ。海の動物や魚たちは、地上で暮らす人間のせせこましい営みなど素知らぬ顔で、どこまでも望むままに泳いで行くことができる。

しかし、一方では地球温暖化によって、彼らの繁殖場である熱帯の海が二一世紀末までに最適な水温を超えてしまうという予測がある。そうなっても、別の海域で無事に繁殖できるかどうかは分からない。彼らの近未来は、まだまだ決してバラ色とは言えないのだ。

――うらやましいなあ。でも、大変な人生、いや、クジラ生なんやろうなあ。

陽次郎は、これまで大きな波風にさらされることなく生きてこられた自分たち家族とクジラたちとを、知らず知らずのうちに比べていた。甲板にたたずんで、彼らが水平線の彼方に小さくなって見えなくなるまで、時が経つのを忘れて見送った。

一行はシンガポールから二〇日間の航海の末、南アフリカのダーバンに到着した。下船すると、入国手続をする間ももどかしく、西南西に一二八〇キロ離れたケープタウンまでバスで直行した。

今は四月中旬。日本を発ってここまで一カ月余りもかかった。アフリカの奥地に旅することを陽次郎一家が決めてから、すでに二回の正月が経過していた。

ケープタウンに着くと陽次郎の一行は、ブライアン・ファーナムにまず会いに行った。陽次郎は、植物・樹木に詳しい自然環境学仲間でイギリス在住のドクター・スコット（愛称をロブと言う）と、以前から国際会議でよく議論する仲だった。ロブは南アフリカに研究のフィールドを持っていて、野生動物の保護活動にも携わっているので、陽次郎はアフリカ行きを決めたときから連絡を取り合っていた。そのロブが、国際自然保護連合（IUCN）のスタッフで現地の地理に詳しく、研究のフィールドの管理をしているファーナムに、「文明人が行ったことがないアフリカの奥地のそのまた奥地を見たい」という陽次郎の計画を伝え、サポートを頼んでくれていたのだ。

陽次郎の一行は五日間、ファーナムの自宅に泊まり、打ち合わせをした。ファーナムは、自身が使っている秘蔵の地図をテーブルに広げ、それまでロブに五回同行した経験をもとに、各部族の集落の位置などを考慮し、途中でキャンプするのに適した候補地を決めて書き込んだ。

待ちきれない思いの陽次郎たち三人は、すぐにでも出発できる服装に着替えた。陽次郎がカーキ色、はるはレッド、陽子はブルーのいずれもダークがかった上下の服。ヘルメットはみんなダークグリーン。リュックサックにも荷物を詰め込んだ。体力に合わせて重さは三〇キロ、一八キロ、一〇キロ弱である。

――これから行くところは、これまでごく少数の動物・植物の研究者のほかには、文明人が誰も足を踏み入れたことがない秘境なのだ。

そう思うと陽次郎たちは改めて身が引き締まり、いやがうえにも期待に胸が高鳴ってくるのだった。

悩める環境学者・陽次郎　日本篇1

それにしても、陽次郎はなぜ、そうまでしてアフリカに行きたかったのか？

詳しい理由《わけ》はおいおい明かすとして、一言でいえば、仕事に行き詰まって、にっちもさっちもいかないほどストレスがたまってしまったのである。

陽次郎は、関西にある大学に勤める研究者だ。理工学部の地球環境学研究室の准教授をしている。

人間が生活や産業活動で排出する二酸化炭素（CO_2）などの温室効果ガスが引き起こすとされる気候の温暖化や、さまざまな産業廃棄物による環境汚染といった全地球的な問題に対処する学問だ。近年、急速に脚光を浴びている、花形の分野といっていいだろう。

特に、国連が「Sustainable《サステナブル》 Development《デベロップメント》 Goals《ゴール》＝略称：ＳＤＧｓ《エスデージーズ》」、日本語に訳すと

「持続可能な開発目標」を二〇一五年九月に開いた持続可能な開発サミットで採択したことは、環境学にとっても大きな潮目となった。

全世界が直面する環境・差別・貧困・人権といった分野の諸問題を国際社会が協力して二〇三〇年までに解決しようという計画・目標である。「誰一人取り残さない」を合い言葉にして、①貧困をなくそう　②飢餓をゼロに　③すべての人に健康と福祉を　④質の高い教育をみんなに　⑤ジェンダー平等を実現しよう　⑥安全な水とトイレを世界中に　⑦エネルギーをみんなに、そしてクリーンに　⑧働きがいも経済成長も　⑨産業と技術革新の基盤をつくろう　⑩人や国の不平等をなくそう　⑪住み続けられるまちづくりを　⑫つくる責任　つかう責任　⑬気候変動に具体的な対策を⑭海の豊かさを守ろう　⑮陸の豊かさも守ろう　⑯平和と公正をすべての人に　⑰パートナーシップで目標を達成しよう――という一七の分野別目標を掲げ、一六九の達成基準が取り決められた。

この追い風を受けて、陽次郎の研究室にも、未来の環境学者を志して、意欲と才能にあふれた若い大学院生や学生が続々と入って来るようになった。

「同志」が増えたのだから、本来なら、陽次郎にとっても喜ぶべきことのはずだ。なのに、なぜか彼の心は晴れなかった。

二〇歳代、三〇歳代の若者たちは、才能だけでなく、びっくりするほど意欲と行動力がある。研究・実験が大事な節目に差し掛かると、休日返上で連日深夜まで研究室にこもっても平気だ。ときに徹夜もいとわない。「シラケ世代」「今の若者は汗をかきたがらない」なんて言われるが、とんでもない誤解だ。確かに、上から押し付けられる仕事を嫌う傾向はあると思うが、自分から進んで興味を持ったことには、信じられないほどのパワーを炸裂《さくれつ》させる。

陽次郎は、そうした大学院生や学生を指導する教官的な立場にある。よく彼らから、研究の進め方やデータの集め方について相談を受ける。彼らは、まだまだ荒削りだが、陽次郎が思いもつかない斬新な発想をする。コンピューターやインターネットを使ったデータ集めやデータ処理などは、陽次郎よりずっと能力が高い者もいる。

「先生、こんなのどうですか」

と彼らから質問を受けると、陽次郎は、

――なるほど、そんな斬新な発想法もあるのか。

としばしば驚かされる。適切なアドバイスを与えるどころか、しどろもどろになって、

「う、うん、いいんじゃない」

「それでやってみたら」

と生返事でお茶を濁すこともしばしばだ。

陽次郎は空恐ろしかった。体力ではすでに、とても彼らにかなわない。一部の能力ではすでに負けている。論文の取りまとめ方といった小手先の技術は、まだ多少は年の功で自分に分があるが、それも追いつき追い越されるのは時間の問題ではないのか。

彼らは「同志」には違いないが、それ以上に「ライバル」なのだ。まだ今のところはタマゴやヒヨコもしれないが、間もなく成鳥になって彼の縄張りを脅かす存在になっていく。学問や技術の進歩と発展は世の常だと覚悟はしていたつもりだが、自分が後輩たちに追い越されそうになる日が、こんなに早くやって来るとは……。


陽次郎は、自分の子どもの頃を思い出した。

一〇歳の小学生の頃、NASAのアポロ月面着陸の記録映画を学校で見る会があった。自分がまだ生まれていない一九六九年七月、アメリカ合衆国のアポロ11号でニール・アームストロング船長が、人類史上初めて月面に降り立ったときのものだった。

月面に足跡を残して二本の足で立つ宇宙飛行士の彼方に、青くぽっかりと浮かんだ地球の美しさに魅せられた。地球に一番近い惑星の月、宇宙から見た地球、神秘の世界にはまり込んだ。

それからしばらくして、六年生の一学期に京都東山の将軍塚への遠足があり、京都大学の花山《かざん》天文台に行った。当時の天文台長から宇宙のこと、月のこと、惑星や星の天体の話を聞いた。その晩は宇宙のことで頭の中が一杯に膨らんでベッドに入ったことを覚えている。

——僕もいつか、あの月から地球を眺めてみたい。

望遠レンズを手に入れ、ボール紙を丸めて、長さ一メートル半の天体望遠鏡を作った。残念ながらピントがうまく合わず、目指した月面観測は失敗したが、思えばこの経験が、宇宙の摂理に目を向けるきっかけとなった。

——宇宙旅行は、まだすぐにはできそうにないなあ。そうだ、地球も月と同じで、宇宙に浮かぶ天体の一種じゃないか。よし、地球の環境と僕たち人類の未来と取り組もう。

と思い直した。いわば、将来の進路をコペルニクス的に転換させて転向したわけだ。その決断は間違っていなかったと今でも思っているし、もちろん後悔はない。

しかし、現実はどうだろう。

天才アインシュタインはスイス特許庁に勤めながら、二六歳のときに、後の物理学を一変させる特殊相対性理論をはじめとする重要な論文を発表した。車椅子の物理学者・ホーキング博士は、筋萎縮性側索硬化症（ＡＬＳ）という難病と闘いながら、一般相対性理論と量子力学を結びつける画期的な理論を打ち立てた。

自分は間もなく五〇歳になる。これまで病気らしい病気もしたことがなく、五体満足だ。それなのに、胸を張って後代に残せる学術的成果を、まだ一つも成し遂げていないではないか。おまけに、後から来た者たちに追い越されることを恐れて、おたおたしている。何というていたらくだ。つくづく情けない。

ある日、研究室の幹部たちを集めた酒宴の席で、教授が上機嫌で言った。

「最近、うちの研究室に優秀な若手が増えて、とても活気が出てきた。うれしいねえ」

陽次郎は、隣に座っていた世代が近い同僚に目配せして、酒の勢いも手伝って、つい漏らした。

「そりゃ、教授はうれしいでしょう。椅子にどっかと座って大まかな指示を出すだけで、論文のアタマに自分の名前が載って、全部自分の研究室の手柄にして、もうすぐ定年を迎えて名誉教授になって楽隠居できるんやから。僕ら中間管理職はたまりませんわ。教授からは、学会に発表するみんなの論文はちゃんと仕上がってるかと、やいのやいの催促が来るし、若手からは、何だこの最新学説を知らないのか、この論文を読んでいないのか、准教授なんていったって大したことないな、とバカにされるし。板挟みになって、自分がしたい研究なんてでけへん。まともな出番もないまま、いずれお払い箱にされるんやないかって、この頃、ふと不安になるんよ」

同僚は、うなずきながら途中まで聞いていたが、

「そんなこと、俺はとっくに分かってるよ」

と、何を今さらといった口調で返してきた。

「心配するなって。日本には長年の経験で、年功序列や長幼の序と言ってね、若い者たちの下剋上《げこくじょう》を押さえつけるシステムが、ちゃんと出来上がってる。近世以降でこれが少しだけ崩れたのは、明治維新のときだけや。日本中が焼け野原になった太平洋戦争の後でさえ、いろんな旧体制《アンシャンレジーム》がしぶとく復活したやないか。現代は実力がものをいう時代なんて言うけど、本質的にはそれほど変わっちゃいないのさ」

「旧体制《アンシャンレジーム》ねえ」

「そう。大学や研究機関にも、教授、准教授、助手とか、所長、副所長、主任研究員……とかいう徒弟制的な階層制度《ヒエラルキー》がちゃんとある。（一九六〇～七〇年代の）学園紛争の頃に、あれほどボロカスにたたかれたのに、結局、びくともしなかったじゃないか。上に逆らうやつは偉くなれない仕組みになってる。才能なんてたいてい五十歩百歩だよ。心にもないお世辞を言ってゴマを擦れとは言わない。焦らず、自分の立ち位置をわきまえ、組織の歯車に徹して階段を一歩ずつ着実に上っていれば、それなりの年齢で、それなりのおこぼれにあずかれるっていうことさ。みんなが天才科学者じゃないんだから」

なるほど、その通りかもしれない。でも、やっぱり、おこぼれをあてにする人生なんて嫌だ。役職や肩書なんて得られなくても、若いライバルたちと互角に競って、生涯現役の研究者を貫きたいと思う。

次の学会に発表する論文の提出締切が、あと一カ月半に迫っていた。

「進み具合は、どうですか」

教授の部屋に呼ばれてコーヒーとアップルパイをごちそうになり、尋ねられた。

「はあ、何とか、ぼちぼちです」

あいまいに答える陽次郎に、教授がたたみかけた。

「来年度の研究費がどれだけもらえるか、発表論文の本数と出来栄えが評価の大きなカギになりますからね。しっかり頼みますよ」

話しぶりはあくまでソフトだが、目は笑っていなかった。

陽次郎は、研究室の若手三人が学会で発表する予定の論文の、下読みと添削指導を受け持っていた。毎日のように、彼らの原稿を読み、彼らと対面して、データが足りないと思われる個所の加筆や、論旨が明確でない部分の書き直しなどを指示していると、ほとんど余暇は残らなかった。

もちろん、自分も学会で発表するつもりでいた。書きかけの論文は、我ながら、まだまだ完成に程遠いことが分かる。しかし、推敲《すいこう》や追加の調査に振り向ける時間がほとんど取れない。偉そうに若手を指導しているどころではない。いい年をして、こんな与太な研究発表をしたら、あきれられ、ばかにされて、自分の研究者生命まで失ってしまいそうだ。焦りが募った。

外と内から押し寄せるプレッシャーに押しつぶされそうな気がして、夜中に何度も目が覚めるようになった。熟睡できないまま、うとうととして朝を迎える。太陽が昇るので、仕方なく床を離れる。気分がすっきりしない。ぐっすりと眠った感じがしない。

そうこうするうちに、日頃は意識の片隅に押し込めて深く考えないようにしていた、まったく別の疑問が、陽次郎の頭の中で次第に膨らみ始めた。

——そもそも、俺がしているこんな研究に、果たして意味があるのだろうか。

地球環境学が取り組むべき喫緊のテーマといえば、例えば、地球温暖化の防止だろう。産業・経済活動が活発になるのに伴って、CO_2、メタン、フロン類などが大量に排出され、大気中にたまって温室のガラスのような役割を果たし、地球全体の気温がじわじわと上昇している。

国際的な専門家たちが参加している気候変動に関する政府間パネル（IPCC）などによると、現在、世界の平均気温は約一四度で、一八八〇年から二〇一二年の間に〇・八五度上昇した。それが、有効な対策をとらないままだと、二一世紀末（二〇八一年～二一〇〇年）には二〇世紀末頃（一九八六年～二〇〇五年）と比べて二・六～四・八度、対策をとった場合でも〇・三～一・七度それぞれ上昇する可能性が高いという。

気温が上がると、世界中で気候が激変する。人々がこれまで経験したことのない嵐や洪水といった自然災害が多発する。内陸では雨量が減って砂漠化が進み、ムギやコメなど人間にとって欠かせない食物を作る穀倉地帯が大打撃を受ける。北極と南極の氷冠が解けだし、平均海面水位は、最大八二㎝上昇するという。南洋の小さな島などではすでに、海岸が侵食されて水没の危機にさらされているところがある。

気温上昇を引き起こす最大の原因と言われているのが、石油や石炭といった炭素を含む化石燃料を燃やすことで出る大量のCO_2だ。現在の大気中濃度は、一八世紀の産業革命前に比べて四〇%以上も増加した。国際社会が今後、エネルギー源の脱炭素化を実現できるかどうかに、温暖化防止の成否がかかっていると言われている。

確かにその通りだろう。データの数字と、それが指し示す近未来像自体にうそはないと陽次郎は思う。しかし半面、環境学などの専門家たちは、知っている「本当のこと」を正直に全部言っていないとも、常々感じていた。

太陽系の第三惑星として約四六億年前に誕生した直後の地球は、温暖どころか灼熱《しゃくねつ》の火の玉だった。大気のほとんどは高温・高圧の水蒸気で、CO_2や窒素を含んでいた。やがて地表が冷え、水蒸気が雨となって降り注いで海ができた。さらに、CO_2が、カルシウム分を含んだ海水中に溶け込んで、炭酸カルシウムを主成分とする石灰岩となった。

約二七億年前、光合成を行うバクテリアが海中に誕生し、CO_2と水から有機物と酸素を生成した。さらに植物が進化して陸に上がって光合成を活発に行うようになり、大気は少しずつ、窒素と酸素を主成分とする現在に近い組成になった。

だから、地球の歴史全体を見渡すと、現在の大気組成はむしろ例外的なCO_2欠乏状態なのだ。その濃度が今さら少しばかり上がったところで、騒ぎ立てるほどのことなのだろうか。

実際、大型恐竜が栄えた中生代（約二億五二〇〇年前～約六六〇〇万年前）は火山活動が盛んで、大気中のCO_2濃度が現在よりずっと高かったといわれる。新生代と呼ばれる現代のすぐ前の地質時代で、地質・考古学的にはほんの「昨日」のことといってよい。地球は総じて温暖で、平均気温は現在より一〇度近く高かった。海水温も平均が三〇度を超えていたとみられ、北極にも南極にも氷冠がなかった。

豊富なCO_2と陽光に恵まれ、植物は南極大陸にまで大森林を形成していた。動物もすくすくと育った。もちろん程度の問題だろうが、暖かければ地球という天体に、より多くのエネルギーを取り込み、より多くの生命体を養うことができる。動物にとっても植物にとっても、今よりずっと生存に適した環境だったといえそうだ。大きな方向としては、温暖化は決して困った現象ではなく、むしろ歓迎すべきことなのではないだろうか。

身もフタもなく言ってしまえば、大気中のCO_2濃度が二～三倍になって、気温が五～六度くらい上がったところで、多分、地球はびくともしない。環境が変われば変わったで、やがて新しい生き物たちが生態的地位《ニッチ》を埋め、新たな平衡が成り立つだろう。

過去の地球には少なくとも、オルドビス紀末、デボン紀末、ペルム紀末、三畳紀末、白亜紀末の五回の生物大絶滅があったといわれる。その度に、生物種の七〇～九〇％以上が失われたとみられている。それほでも地球生命は、たくましく復活してきた。

約六六〇〇万年前の中生代白亜紀末の大絶滅は、直径一〇キロメートルを超す小惑星が地球に衝突して大津波と大火災が発生し、さらに空高く巻き上げられた粉塵《ふんじん》が太陽の光を遮って気温低下を引き起こしたとする説が有力だ。おかげで、動物界を支配していた恐竜が消え、我々人類を含む哺乳類と鳥類が栄えるきっかけが開けたといわれる。

多くの環境学者が指摘するように、温暖化が急激に進めば、人間社会は大変なことになるだろうし、今の繁栄を享受している多くの動植物が生存を脅かされるだろう。しかし、しいたげられ、次をうかがって耐えている別の生き物たちにとっては、千載一遇の好機かもしれない。温暖化を「悪」と決めつけるのは、人間の利己的な都合にすぎない。

また別の声が、陽次郎にささやいた。

――そうまでして人類は、今のまま生き残り、繁栄を続けなければいけないのか。

人類は数百万年前に類人猿から分化したという説が、現在の考古学では有力だ。猿人、原人、旧人といった変遷を経て、多くの種がこれまでに登場し、淘汰《とうた》されて消えていった。現存するヒト属は、約一〇万年に誕生したとされ、ホモ・サピエンス・サピエンスの学名を持つ現生人類ただ一種だ。多分、一〇〇万年以上にわたって変わらず栄えた単一種は一つもない。

ライオンやトラ、キリン、ゾウ、ウマ、クジラたちだって同様だ。生物は絶え間なく変化し、環境にうまく順応できた種だけが生き残ることができた。適者生存、盛者必滅は世の習いではないのか。我々人類だけが例外であるはずはない。

温暖化が進めば進んだで、それに適合して進化した新人類が取って代わるだけはないのか。いや、人類とはまったく別種の「アフターマン」とでもいうべき生物の天下が来るかもしれない。地球の四六億年の歴史をマクロに見渡せば、その可能性のほうが、現生人類がこのまま繁栄する可能性よりずっと高そうだ。

仮に、温暖化による当面の環境変化をうまく制御できたとしても、地球を含む太陽系そのものがやがて寿命を迎える。約五〇億年後には、太陽が核融合の燃料である水素やヘリウムを使い果たして膨張し、直径が地球や火星の軌道まで達する赤色巨星となる。そして大爆発を起こし、すべてが太陽系の誕生前と同じ宇宙の塵《ちり》とガスに戻り、果てしない虚無の中に消えていく。

五〇億年?!　ほとんど想像できない、とてつもない彼方の未来だ。しかし、確実にやって来るであろう終末だ。それまでに人類文明が画期的な宇宙飛行の技術を編み出し、新たに住める第二、第三の地球を見つけに旅立てそうな見込みは、今のところゼロに近い。

世界中の科学者たちが、温暖化防止へと日々知恵を絞って懸命の努力を重ねていることを、もちろん陽次郎は知っている。しかし、宇宙物理学が冷厳に指し示すこの未来の前では、すべてが虚しい営みだと思えてしまう。

こうして、属人的かつ俗人的で下世話な悩みと、ある種、実存哲学的ともいえる崇高・壮大な想念との間を、陽次郎の意識は毎日、行きつ戻りつしてブレにブレた。あまりの落差に目がくらみ、頭はますます混乱するばかりで、研究にまったく打ち込めなくなった。

学会は、どうにかこうにか乗り切った。我ながら不出来な発表だった。いったい何が言いたかったのかと嫌になった。

「いやあ、お疲れさん。次もしっかり頼むよ」

教授からは一応、ねぎらいの言葉をもらったが、達成感はまったくなかった。

こんな思いを抱えたままでこの先、五年、一〇年と、自分を偽り続けながら同じような研究生活を惰性で続けるのかと思うと、陽次郎の心はますます暗澹《あんたん》となった。

「あなた、この頃、変よ。何だか、ボーとしてる」

ある日、とうとう妻のはるから声がかかった。

もうこれ以上とぼけ通せない。陽次郎は観念した。頭の中にごちゃごちゃになってたまりにたまった思いのたけを、はるに告白し、秘かに温めていた計画を打ち明けた。二〇一八年の梅雨の頃だった。

「いっそアフリカの奥地にでも逃げ出して、人生をリセットしようかと思うんや」

当然、反対されるだろうなと思った。

愚痴や非難を浴びせられることを覚悟してそっと目を閉じた陽次郎に、はるから返って来たのは、予想外の言葉だった。

「そっか、じゃあ、私も一緒に行こうかなあ」

人の言葉が分かるヨウム　アフリカ篇1

舞台は、その二年後の南アフリカに戻る。

ファーナムは陽次郎一家を、初対面とは思えないぐらいフレンドリーに迎えてくれた。彼は、六〇歳代後半になる彼の両親と一緒に暮らしていた。ファーナムは、英語で父親のジョージと母親のマリーを紹介した。親たちもニコニコしながら英語で話した。陽次郎も、はると陽子を英語で紹介し、互いにすぐに打ち解けた。

ファーナムは、普段は自宅の隣の建屋で父親がやっている自動車の整備と修理の仕事を手伝っている。そして一年のうち半年は家を離れ、野生動物の調査と保護のために中央アフリカに出かけるという。

着いた初日、陽次郎たちは二〇畳ぐらいの部屋に通された。三つのベッドが置かれ、バス、トイレが付いていた。ゲスト用に使われている部屋のようだ。
ファーナム家では一日三回、きっちりと食事を取った。一日目の夕食は、彼の両親と陽次郎ら合わせて六人で食卓を囲んだ。言葉は英語で、陽子にははると陽次郎が通訳した。みんなでわいわいがやがやと食事を楽しんだ。

料理は、ピラフが出てきた。ご飯に牛肉をスパイスと一緒に炊き込んであった。ケープタウンではピラウと言うそうだ。野菜、トマトにチーズが載ったサラダが大きなボールに盛られ、各自が小鉢に取り、はちみつとエキストラバージンオイル、ビネガー入りのドレッシングをかけて食べた。甘い味付けの煮豆もあった。タンザニアから来たというスイカがフルーツとして添えられた。スイカは砂漠で収穫されるのだと、ファーナムが得意そうに話した。

ドリンクは、りんごジュースを炭酸で割ったアップルタイザー、パイナップルジュース、それにワイン。みんなで乾杯をした。別の日には、ジンジャーエールも飲んだ。

ファーナムが「Please《プリーズ》 eat《イート》 a《ア》 lot!《ロット》（お腹いっぱい食べて）」と言った。

陽次郎が「Thank you《サンキュー》」と答え、陽子は「Delisious,《デリシャス》 Too《トゥー》 Sweet《スイート》（おいしい、とてもおいしい）」と言って、出されたものをすべて平らげた。

次の朝。気温二一度。湿度は低く、快適で心地よい目覚めだった。

朝食は、主食がウガリといって、トウモロコシ粉を団子状に練り、沸騰する湯の中に混ぜて作ったもの。それにアボガドが入ったサラダとハムエッグ、牛乳もしくは紅茶、コーヒー。日本の洋風朝食に近く、まったく違和感はなかった。

毎日、どんな食べ物が出てくるか、陽次郎たちは期待に胸を膨らませた。

三食のうち、昼が最もボリュームがあると聞いていた。ファーナムは、マリーがタンザニアの首都ドドマの出身なので、彼の家ではタンザニアの料理が主だと話した。

夕食は簡単な食事だった。食事の用意は、二日目の夕方から、お客というより家族、仲間の気持ち。ファーナムの母親とはる、陽子の女性三人が台所にそろって、熱気すら感じられた。


陽次郎一家は次の日から四日間、午前中の一時間半と午後の二時間、ファーナムから借りた中央アフリカのビデオを映し出しながら、念入りに打ち合わせをした。

ファーナムは、自分が使っている地図をテーブルに広げ、スコット博士＝ロブとこれまで積み重ねた経験をもとに、各部族の集落の位置などを考慮し、第一キャンプをどのあたりに構えるかを考えた。さらに、第二キャンプの候補地、続いて第三キャンプの候補地を地図に書き込んだ。

陽次郎は、生き生きと動き回るみんなの様子を見て満足した。ミーティングの二日目に彼はファーナムに、ライオンやサイ、類人猿、インコの一種ヨウムなどにぜひ会いたいとの希望を伝えた。特に人間に近いゴリラ、チンパンジー、ボノボとの出会いは、人間の進化を知るうえから学ぶことが大きいと考えていた。


三日目、マリーが陽次郎一家を、家から一五分ほどのところにある町の市場に案内してくれた。

最初に目に飛び込んで来たものは、色鮮やかな果物類だ。パイナップル、バナナ、メロン、スイカ、プラム、ずんぐりしたこぶし大のアボカド。加えて、黄緑色で形が丸く、片手に載る大きさのドウドウと言うマンゴーの一種ランプータン。スワヒリ語でショキショキと言い、赤い果肉がおいしい。それに、黄色の丸いパパイヤ。見たこともない種類が並んでいた。

陽子は目を輝かせ、カメラを取り出して撮影した。日本で見る果物類より色のコントラストがはっきりしていて、原色系が多かった。スイカはみずみずしく、甘くておいしかった。それを二つ、サラダに入れるアボガドも三つ買った。

果物屋の横には魚屋があった。アジのような小魚、イカやカキ、それにキングクリップというウナギのような円筒形をした一メートルもある大魚。多分、ノルウェーあたりから来たと思われるサーモン、ニシンなども並んでいた。

陽子の目を引いたのは、ロブスターだ。ケープタウンの沖合で獲れるのだという。一尾を二人で食べると、かなり高くつくだろうなと思った。日本で伊勢海老は高価で、めったに口にできないからだ。しかし、マリーは、息子のファーナムを頼って来た客に振る舞うために、夕食用に買って帰ろうとした。魚屋の兄さんは、マリーが目くばせをすると、一尾おまけにくれた。

ロブスターを三尾持ち帰り、二尾は焼ロブスターにした。レモンを添えると格別の味がした。残り一尾は、ピラフに混ぜ合わせた。今夜もパーティーねと陽子ははしゃいだ。

朝食には、バナナを長時間煮込んだ牛骨のスープや、白米のご飯と牛肉のスープも出た。陽次郎らがおいしいと言ってお代わりをするほどだった。

そして、陽次郎とはる、陽子は、ファーナムとの打ち合わせを終わると早速、ファーナムが運転する四輪駆動車に乗って出発した。最初に目指すは、ケープタウンから北に一〇〇〇キロ以上離れた、赤道直下のタンザニア北部だった。

途中の第一キャンプ地までは、二つの小さな集落を通って行くことにした。両方ともロブのフィールドにある。どちらも八〇歳代後半の長老に率いられた、血縁関係が強い集団だった。

最初に立ち寄った集落は住民が四〇人弱。二番目に立ち寄った集落は二〇人余りが大家族を構成していた。ファーナムと長老との長い付き合いで信頼関係ができているので、好意的に受け入れてもらえそうだとのことだった。

タンザニア北部は標高二〇〇〇メートルを超す高地で、世界有数の火山地帯である。数百万年前に噴火してクレーター（火口）がたくさん出来、そこに水がたまって湖やオアシスが誕生した。長い年月の間に草原が果てしなく広がり、その間に湿地やブッシュ（低木の茂み）がある。

そして、多くの動物や鳥たちの楽園である。ゾウやヌー、バッファロー、サイ、カゼル、シマウマ、ライオン、ヒョウ、アカシヤの木が大好物のキリンなどが生息する。沼地にはカバもいる。

また、この地には、元々は遊牧民であったマサイ族の部族が、約二〇〇年前から農耕を始めて定住するようになった。


陽次郎たちは一カ月以上、テントを張りながら車で移動し、第一キャンプとする予定の集落にようやくたどり着いた。

住民や野生動物たちを驚かせてはいけない。一行は集落の手前で車を降りて三キロほど歩いて移動し、集落のはずれにテントを張った。

おびただしい数の鳥、鳥、鳥……。この一帯はバード・サンクチュアリだった。アフリカの四月頃の夜明けは、こうした鳥たちが一斉にさえずり、本当に美しい。

アフリカヒヨドリ、シジュウカラの仲間で体長が一五センチほどのシロハラクロガラ、それに、全身が黒色でのどと目の周りが紅色のミナミジサイチョウ。オスが体調一三〇センチ、メスは一〇〇センチになる。サイチョウには、これ以外にハイイロコサイチョウ、ミナミキハ、シロサイチョウがいる。

身体が緑で頭が赤いオスのハッハナインコ、ハゲタカ、アフリカハゲコウ、「ハダダ、ハダダ」と声を出して鳴く体長八〇センチほどのハダダトキなども生息する。セイキムクドリやカッコー、スズメ目のハタオリドリも見られる。草などを編み、枝から垂れ下がる袋状の巣を作ることから、こう呼ばれる。

テントを張って二日後、オウムに出会った。ファーナムが陽次郎にゆっくりした英語で「パロット」と言って指差した。さらにオウムに「ハロー」と言うと、相手も「ハロー」と返してきた。体は緑、頭はオレンジ。あるいはオウムではなく、ズアカハネガインコかもしれない。体長三〇センチほどの、きれいなファッションだ。

陽子が「グッドモーニング」と英語で声をかけると、トーンを変えて「グッドモーニング」と返してきた。はるも、今度は日本語で「ごきげんよう」と言うと、オウムは愛嬌たっぷりに「ゴキゲンヨウ」と正確に返してきた。

名前は分からないが、体が緑で頭が赤みがかかっている鳥を時々見た。体長三〇センチくらいのきれいな鳥である。頭に黒い帽子をかぶった、きりりとしたいで立ちのインコ系のように見える鳥もいた。くちばしが赤く、頭や顔は暗いチョコレート色、胴体の前は黄、背中は緑のカラフルで体長が一五センチほどの小さなボタンインコも見た。そのほかにもたくさんの種類のインコがいて、どれがどれなのか、正確な名前はとても分からなかった。

そして、この辺りにはほとんどいないと聞いていたヨウムまでもが、元気に飛び交っていた。

体の大半が灰色の羽毛で包まれていて、尾羽が鮮やかな赤。目の周りは白く、首周りの羽には縁取りがある。体長は約三〇センチ。アフリカ西海岸の森林地帯に分布するとされている大型のインコである。

野生の個体は激減しており、野生動植物の保護を目的とするワシントン条約の二〇一六年に開かれた第一七回締約国会議（COP17）では、「絶滅の恐れがあるため、商業目的の国際取引が制限される」附属書Ⅰの種に格上げされた……といったことが、陽次郎たちが日本にいたときに読んだ図鑑に載っていた。そのとき三人は写真を見ながら、

「アフリカに行っても、本物に出会うのは難しそうだね」

とため息をついて話して、半ば諦めていた。

それが、目の前の木々の枝の間を、何羽も飛び交っていた。夢だろうか。幻だろうか。

三人は感動で、しばし声が出なかった。

「ヨウム、ヨウム」

ファーナムが、近くの木の枝にとまった一羽に向かって叫んだ。

すると、そのヨウムは自身の口から「ヨウム、ヨウム」と、きちっと受け答えをした。

次に、陽子が「こんにちは」と日本語で話しかけてみた。

すると、「コンニチハ」とすぐに、そっくりな答えが返ってきた。はっきりと話すのが面白い。

「すごい。賢いんだ」

みんなで大笑いをした。

今度は、はるが、仲間はどれほどいるのという意味で、指で「two《ツー》（二羽）、five《ファイブ》（五羽、ten《テン》（一〇羽）」と英語と指を使って尋ねた。すると、同じように「two、five、ten」と答えた。

さすがにこの質問はちょっと難しかったかな、と感じたので、指で再度「二」「五」「一〇」と指しながら言うと、ヨウムは隣にいたもう一羽と顔を見交わし、さらに首を回して遠くにいる仲間たちを示し、「ten」と答えた。

ヨウムは人間とのコミュニケーション能力が抜群に高いと聞かされていたが、まさかこれほどとは。かってカナダの神経科学の研究者が、知能に関して神経回路を特定し、オウムは人間の幼児ぐらいの知能を持っているとしたが、それをまざまざと確認できた。ただただ驚かされるばかりだった。

陽次郎たち三人は、自分たちが何か新しい世界、未知の世界の入口にいると感じ始めていた。

人間がまだ足を踏み入れたことがない聖地。

――これから、どんなことが始まるのだろう。

恵まれすぎたはるの反省　日本篇2

「そっか、じゃあ、私も一緒に行こうかなあ」

はるは、夫の陽次郎からアフリカ奥地への逃避行を打ち明けられとき、自分がとっさに返した言葉に、自分で驚いていた。何を言ったのか、どうしてこんな答えをしたのか、すぐには理解できなかった。

夫は、いかにも進退窮まったという様子で、冗談で言っているのでないことは、もちろん分かった。だが、アフリカ奥地といえば、現代でもやっぱり、未開の地というイメージが拭えない。常識で考えれば、とても手放しで賛成できることではないはずだ。

――無事に帰れる保証はあるの。猛獣に襲われたり、紛争に巻き込まれたり、ゲリラやギャングにさらわれたり、変な感染症にかかったりして、命を落とす危険はないかしら。

――命は無事でも、仕事を辞めて収入が途絶えたら、どうやって生活するの。家のローンの支払いだって、まだ大分残ってるのよ。

――娘の陽子は微妙な思春期で、独り立ちするにはまだ早い。親がきちんと相談に乗って、これから将来の進路を決めなければならない大事な時期に差し掛かるのよ。

――お義父《とう》さん、お義母《かあ》さん、この頃少しずつ体が弱ってるみたい。ひょっとしたら、介護が必要になるかもしれない。そんな遠くまで出かけてる場合じゃないでしょ。

一家の台所を預かる主婦の立場としては当然、こうした心配が真っ先に口を突いて出てもおかしくなかったはずだ。

だが、不思議なことに、そうした考えは、口に出ないどころか、はるの頭の片隅にさえ、そのときはほとんど浮かばなかった。それどころか、アフリカという言葉がまるで心を開く引き金《トリガー》のように耳に響いて、「行こうかなあ」という返事だけが、何の抵抗もなく、すらすらと出てしまったのだ。

――ちょっと待て。早まってはいけない。

さすがに一瞬後には事の重大さに気付き、「主婦の勘」という安全装置が作動した。

「あなたの気持ちは分かったわ。急がないで、二人でよく考えてみましょう」

と取り繕って、その場を収めた。

それから一カ月ほど、はるは悶々《もんもん》とした日を過ごした。

陽次郎がここ数年、仕事のことで何か悩みを抱えているらしいことには、うすうす感付いていた。それは今、彼から打ち明けられてはっきりしたわけだけれど、まだ心から納得できたわけではなかった。

俗に「男は外に出れば七人の敵がいる」と言うではないか。多少のプレッシャーやストレスは、誰にだってあるはずだ。それくらいでいちいち仕事を放り出し、外国まで逃げ出していたら、きりがないだろう。

まして、夫は大学の研究者。一騎当千《いっきとうせん》の企業戦士たちがつば競り合いしてしのぎを削っている民間の会社に比べたら、ずっとおっとり、のんびりした職場ではないのか。倒産する心配はまずないし、転勤もない。休みだって、まあきちんと取れてるし、体を壊すほどの超過勤務もまずない。

教授をはじめ研究室の人たちとは、何度も会ったが、おおむね良い人たちだ。パワハラもアカハラも、少なくとも、耐え難いほどのあからさまな形では多分……ないと思う。

——すると、研究上の悩みというのは口実で、家庭と私に不満があるのだろうか。私の「内助の功」が足りなかったのだろうか。外に誰か好きな女性でも出来たのだろうか。

そこまで考えて、はるは自分の来し方を振り返ってみた。

これまで、総じて幸せな人生だったと思う。

両親に愛されて育ち、好きな声楽を大学で学び、海外留学までさせてもらった。周囲に祝福されて陽次郎と結婚し、やがて可愛い娘の陽子を授かった。

陽次郎は、浮気をしたことはない（と思う）し、飲み屋をはしごして帰りが午前様になったこともない。浪費癖もない。非の打ち所がまったくないと言えばうそになるが、文句をつけたらバチが当たりそうだ。

陽子はこの頃、反抗期に差し掛かって、何かと両親に口答えする。思えば、自分もその年頃にはそうだった。これも健やかに成長している証しと見るべきだろう。親なら誰でも経験する通過点だと割り切り、努めて笑顔で夫と娘の間を取り持つよう心がけている。

もちろん、百点満点の花マル妻だとは言わない。陽次郎とたまに口げんかはする。だが、どう考えても、耐え難いほどの不快や苦痛を夫に与えたという心当たりはなかった。

——いやいや、やっぱり私の口のきき方とか、ちょっとした所作とかに、何か気付かぬ落ち度が重なっていたのかもしれない。

さらに詳しく自分の過去を見つめ直そうと思い、家族の写真アルバムと、斧琴菊《よきこときく》の柄の江戸千代紙が貼られた文箱《ふばこ》を、書棚の奥から引っ張り出した。文箱の中には、結婚前に陽次郎からもらった手紙などが、彼には内緒で大切にしまってあった。


はるは、東京の港区芝白銀台で生まれ育った。自分で言うのは少し恥ずかしいが、世が世ならば深窓のお嬢様だった。父と母は病院の勤務医。幼いときは、仕事で忙しい両親よりも、同居していた父方の祖父母の膝下で長い時間を過ごした。

祖父の家は元公爵《こうしゃく》。華族の中でも最高の爵位だった。太平洋戦争後は爵位も資産の大部分も失ったが、家だけは奇跡的に空襲を免れた。戦後は進駐軍に一時接収されたり、食いつなぐために一部を切り売りしたりして敷地は狭くなったが、何とか残った。一家が分不相応な高級住宅地に住み続けられたのは、そのおかげだった。

祖父は、アメリカとの戦争にはとても勝てないと分かっていた。しかし、天皇陛下の醜《しこ》の御楯《みたて》としては、反対したり、座して見過ごしにはできなかった。戦局が急を告げると大学を休学し、海軍に志願した。死ぬなら、陸地よりも大海原の上がいいと思った。ところが、乗り組んだ巡洋艦が南洋に向かう矢先、瀬戸内海の出口で敵潜水艦に見つかって撃沈されてしまった。陸地の近くだったので無事に救助されたが、死地に赴く機を失った。最後は特別攻撃隊に志願したが、出撃前に終戦が来た。

多くの友が戦場から再び帰らなかった。祖父は、無謀な戦争を止められなかった無力さと、自分だけのうのうと生き残ったうしろめたさにさいなまれた。戦後は、海軍で習い覚えた英語を生かして高校で教えた。「僕の毎日は余生だ」と言って地位や名誉を望まず、人ともほとんど交じらず、余暇は好きな読書と音楽鑑賞三昧《ざんまい》で過ごした。「戦争は二度と絶対にしちゃいかん。たとえ相手から攻めて来られても」が口ぐせだった。保守の人なのに、この点だけは、改憲派が大勢いる自民党を信用せず、「戦争放棄をうたった憲法第九条を守れ」と訴える旧社会党や共産党を断固支持した。

アルバムの最初のページに、家の芝生に揺り椅子を出し、幼いはるをひざに抱いて座った祖父の写真が貼ってある。わざわざ写真屋を呼んで撮らせたものだ。何人かいる孫たちの中でも、はるは特に祖父のお気に入りだった。はるも祖父が好きだった。もちろん、両親もはるを深く愛してくれたけれど、幼い頃、一緒に過ごした時間が長かっただけに、物事の考え方や好みなどに、祖父が一番感化を及ぼしたと思う。

そう言えば、はるを声楽の道に誘《いざな》ってくれたのが祖父だった。

最初はお嬢様の例に漏れず、親に勧められるままにピアノを習った。音感やリズム感には自信があった。しかし、少し小柄なので、手の指もあまり長くない。音階の離れた和音《コード》を弾くのに苦労した。才能と努力だけでは越えられない限界を次第に感じ始めた。

忘れもしない。小学校三年生のときの秋の午後だった。学校から帰って廊下を通りかかると、祖父の部屋のオーディオ装置から、女性の妙なる歌声が聞こえてきた。

「誰が歌ってるの。何ていう歌なの。お祖父《じい》ちゃん」

「エリーザベト・シュワルツコップ。ドイツの人だ。リヒャルト・シュトラウス作曲の『ばらの騎士』というオペラでね、ヒロインの元帥夫人の役を歌っているんだよ」

祖父がはるを招き入れ、見せてくれたレコードのジャケットには、華麗なドレスに身を包んだとてもきれいな女性が写っていた。漂う気品に圧倒された。

「気に入ったかい。こんなのもあるよ」

祖父は次々にレコードを取り出して聴かせてくれた。ピアノ伴奏で歌った同じシュトラウスの歌曲集、モーツァルト「フィガロの結婚」の伯爵夫人、フルトヴェングラーの指揮で彼女がソプラノ独唱を務めたベートーベン交響曲第九番の第四楽章……。つややか、あるいは華やかに響き渡るソプラノ・ヴォイスに、たちまち魅せられた。

「私、ソプラノの歌手になる。ピアノは続けるけど、ピアニストになるのはやめる」

突然言い出した娘に、両親は戸惑いながらも、ヴォイス・トレーニングの先生をつけてくれた。発声法の基礎を一通り習い終えると、都内で指折りと評価が高い少年少女合唱団に応募させた。競争率が百倍近い難関を突破して首尾よく入団できた。

その後は順調だった。精進のかいあって、名門のM音楽大学の声楽科に合格し、首席で卒業した。成績優秀者の特典で、母校が友好提携していたオーストリア、ウィーンの音楽大学に二年間、修士留学までさせてもらえた。


もちろん、挫折がなかったわけではない。

留学が決まった直後、受け入れ先のウィーンの大学から、はるの担当になる女性教授が来日した。はるはその前で歌を披露することになった。

教授が指定したのは、グリーグ作曲「ソルヴェイグの歌」だった。歌劇「ペール・ギュント」の中で、長い放浪の旅から帰った主人公に幼なじみの少女が捧げる愛の歌である。ノルウェー語なので発音が不安だったが、心を込めて歌った。

教授は一度聴いて、三カ所ほど指摘して直させ、もう一度歌わせた。そして尋ねた。

「あなたは、音楽を一生の仕事にするつもりですか」

「はい、もちろんそのつもりです」

「それならば、はっきり言いましょう」

教授は、はるの目をじっと見返し、一語ずつ噛《か》んで含めるように続けた。

「あなたは多分、プロとして舞台に立つ歌手にはなれません。ただし、とても優秀な教師になれるでしょう。歌と音楽の才能がないという意味ではありません。ただ、才能の質が、舞台で活躍するのには向いていないのです。私自身がそうでしたから、よく分かります。あなたは今、私がちょっとアドバイスしただけで、一度目の歌唱の欠点をほぼ完璧に直しました。こんなに勘と飲み込みが良い学生は、ウィーンにもめったにいません。しかし、観客は歌手に飲み込みの良さを期待して聴きに来るのではありません。逆に、人に何と言われようと、自分はこう歌いたい、こうしか歌えない、と押し通す我《が》の強さ、ある種の物分かりの悪さが魅力となって人々を引き付けるのです。残念ながら、あなたにはそれがありません。これればかりは天稟《てんびん》と言うべきで、他人が教えてどうこうできるものではないのです。でも、どうか、音楽の道を諦めないでください。教師は舞台歌手に劣らない立派な仕事です。次の時代を担う多くの若者を育てることができます。あなたには、その才能が十分にあります。希望を持ってウィーンに来てください。私が全力をあげて、あなたを一流の教師に育てます」

ショックだった。華麗な衣装に身を包み、スポットライトを浴びて、満員のオペラハウスのステージに立つ夢は、永遠に絶たれたということだ。納得できない気持ちを抱えたままウィーンに発った。

でも今では、この教授に深く感謝している。

教授は自分の授業が終わると、はるをよく他の同僚の部屋に連れて行った。レッスンにもさり気なく立ち会わせ、「ほら、彼が学生にどういうふうに教えるかを、よく見ておくのよ」と目配せしてくれた。このときの経験は、後々とても役に立った。

ウィーンの劇場・ホールの天井桟敷《さじき》は、日本では信じられないくらい安価で学生を入れてくれる。教授は、聴くべき演物《だしもの》と、出演する歌手たちの見習うべき、あるいは見習ってはいけない正と負の聴きどころを、教師の観点に立って詳しく教えてくれた。はるは足しげく通って多くのことを学んだ。

舞台歌手になるのを諦めるのはやはり辛かったが、教師となる心構えが少しずつ出来ていった。もし、この教授に出会えていなかったら、世に認められないことをいつまでも恨んですねて、自滅していたかもしれない。

はると一緒にウィーンに留学した佳乃《よしの》という友は、日本に帰ってから某オペラ劇団の専属となって活躍している。彼女から言われたことがある。

「大学ではいつもはるが成績一番で、私はどんなに頑張っても二番。先生に『どうして、はる君のように歌えないんだ』って言われた。一生懸命まねしたけど、だめだった。悔しくて悔しくてたまらなかったわ。留学審査では、どうせだめなら自分の思う通りにやって終わろって、やけっぱちで歌ったんだ。そしたら、はるの次の成績で通っちゃった。目からウロコだったね。人のまねをしてるうちはダメなんだって。でも、もしもはるがいなかったら、とてもここまで頑張れなかったわ。だから、あなたの生徒第一号は私なのよ」

うれしかった。彼女とは今も親しく付き合っている。

陽次郎と引き合わせてくれたも音楽だった。

阪神淡路大震災から満七年になる前日の二〇〇二年一月一六日夜、はるは佳乃と一緒に、神戸のプロテスタント系教会で催された震災犠牲者の追悼礼拝に参加した。母校のM

音楽大学が募ったボランティアの合唱団とオーケストラの一員としてだった。ウィーンから帰って二年が経っていた。

五〇〇人ほどの遺族や信者らが詰めかけた会堂で、合唱団とオーケストラはバッハ作曲「ミサ曲ロ短調」から一〇曲を選んで演奏した。その中の「第一五曲　エト・イン・ウヌム・ドミヌム（我は信ず、ただ一《いっ》なる主《しゅ》を）」をはると佳乃が歌った。オーボエ・ダモーレと弦楽器をバックにしたソプラノとアルトの二重唱《デュエット》で、イエス・キリストを讃《たた》える曲である。ソプラノ・パートを佳乃に譲って、はるはアルト・パートを受け持った。

それから一〇日ほど過ぎて、一通の手紙がはるの元に届いた。封を開くと、和紙の縦書き便箋《びんせん》に、今どき珍しい手書きのペン字がぎっしり並んでいた。

拝啓。

突然お便りする失礼をお許しください。私は、去る一月一六日に神戸の教会で催された阪神淡路大震災の犠牲者追悼礼拝に参列した者です。そこで貴女《あなた》の心温まる素晴らしい歌を聴いて感動し、居ても立ってもいられなくなって筆を執りました。

バッハの「ミサ曲ロ短調」の中の「我は信ず、ただ一《いっ》なる主《しゅ》を」という曲なのですね。教会の人から後で教えていただきました。私は音楽にも宗教にもまったく疎く、おまけに語学もだめなので、失礼と勘違いはお許しください。貴女《あなた》たちの歌いぶりは、まるで天上から二人の天使が輪舞を踊りながら降りて来て、軽妙な掛け合い漫才をして、震災で亡くなった人たちの魂を慰めてくれているのだ、と私には見えて聞こえました。涙があふれて止まりませんでした。

私を可愛がってくれた母方の伯父は、震災で亡くなりました。就寝中に一瞬で倒れた家屋の下敷きとなったのです。クリスチャンでした。その縁で、震災記念日前夜の追悼礼拝には毎年出席しています。でも、こんなにも心にしみて癒やされた追悼礼拝は、これまでありませんでした。本当にありがとうございました。

前置きが長くなってしまいました。本題に入ります。

貴女はすでに結婚しておいででしょうか。もし、まだで、決めた人もおられないなら、ぜひ私とお付き合いくださいませんか。不躾《ぶしつけ》を承知でお願いします。私は貴女と貴女の歌に一目で魅了されてしまいました。この思いをこのまま胸にしまっていたら、何をしても手がつかなくなってしまいそうです。

私は一九七〇年、大阪生まれの三一歳。身長一七四センチ、体重六〇キロ。大学の地球環境学研究室で助手をしています。

どうか、いたずらだなどと思われないで、ご返事をください。

心よりお待ち申しています。

敬具

――これって、もしかしてラブレター?! デートのお誘い?!

読んで、頬がポッと熱くなった。親には見せられないと直感し、文箱の底に隠した。どうせ、親が持ってくる見合い話には、ろくなものがない。だからといって、いつまでも親のスネをかじるわけにもいかない。ま、一度くらい会ってもいいか、と手紙の末尾に書いてあった電話番号を回した。陽次郎はその週末に早速、東京まで会いに来た。

案ずるより産むが易しと言うけれど、それからはトントン拍子だった。はるは母校から頼まれたボランティア活動だと言って親をごまかし、互いが東京と関西を訪ね合う遠距離恋愛を一年ほど重ねて二人は婚約した。大学研究者の薄給でちゃんと生活できるかと心配する両親を、はるは、

「いざとなったら、食い扶持《ぶち》くらい私が稼ぐわ。伊達《だて》に留学までしたわけじゃないのよ」

と言って説得した。最後は、当時まだ健在だった祖父が、

「環境学の研究者、結構じゃないか。真面目そうないい男だ。羽振りよく札びらを切るような輩《やから》よりずっと信用できる。時流に迎合しないのが、わが家の家風だ」

と裁定を下して決着した。

ちなみに、陽次郎一家は現在、神戸市東灘区御影の山の手寄りの高級住宅地に住んでいる。彼の母が、独身で身寄りがなかった伯父から相続したもので、「私はいらないから」と使わせてくれ、そこに建物だけは陽次郎が住宅ローンを借りて新築した。つくづく自分たち夫婦は住み家運が良い、とはるは思う。


写真や手紙に見入り、走馬灯のように次から次に浮かぶ思い出に浸るうち、はるの脳裏には、ある想念が少しずつ膨らんで形をなしてきた。

——私の人生は、余りに恵まれ過ぎていないか。自分で切り開いたつもりでいた道も、多くの人々が予め敷いてくれたレールの上を、導かれるままに歩いて来ただけではなかったのか。自分から思い立って人のために何かをする、与えるということが、ほとんどなかったではないか。

今は、大阪にある芸術大学の非常勤講師をして、週に二日、学生と大学院生の声楽のレッスンを受け持っている。母校の音大の恩師が紹介してくれた仕事だ。幸い、義父母が大学から近い大阪府内に住んでいるので、陽子が幼かった頃は、昼間は預かってもらって大学に通った。

数年前、非常勤でなく正規の教員として雇いたいと大学から打診された。教え方が良いと評価されたのだ。とてもうれしかったが、熟慮の末に辞退した。仕事と家庭の二兎《と》を追って板挟みになりたくないと思った。

それなりに充実しているとも見える毎日。あとは娘を成人するまで育て上げ、このまま大過なく過ごせば、首尾よく幸せな老後を迎えられそうな気がする。

だが、それだけでいいのだろうか。「違うよね」と傍らでささやくもう一人の自分がいることに、前から気付いてはいた。

そんなことをあれこれと考えていたとき突然、誰かの声が、天からの啓示のように聞こえてきた。

「お前はまだまだ苦労が足りないぞ。つべこべ言っていないで、夫と一緒にアフリカへ行け。全力で夫を助けるがいい。今度はお前が、これまでに多くの人々からもらった恩に報いる番だ」

驚いて、座っていた食卓から立ち上がった。部屋の中を見回した。誰もいなかった。南に向いた窓を開けた。隣の辻公園の木むらから熊蝉《くまぜみ》の合唱が耳に飛び込んで来た。紺《こん》碧《ぺき》の空に真っ白い夏雲が浮かんでいた。知らぬ間に梅雨が明けていたのだ。

胸にたまっていたわだかまりが、うそのように消えていた。もう迷いはなかった。

――そうだ、アフリカに行こう。たとえ野ざらしの屍《しかばね》となろうとも。

はるは、あの声は神様が、気持ちがたるみかけて日和《ひよ》ろうとした彼女を見かねて「喝」を入れてくれたのだ、と今でも信じている。

ライオンとの出会いと別れ　アフリカ篇２

陽次郎の一行が第一キャンプのテントを張ったのは、赤褐色の土の上にところどころ低木や草が生えたサバンナの高台だった。眺めが良く、四方とも四〇〇～五〇〇メートルの彼方まで見渡せた。この四方を見渡せるということが大事なポイントで、ファーナムが周りを何度も何度も確かめて選んだ。その辺りにはライオンが生息しているので、十分な注意を払う必要があったからだ。

翌朝、本当にライオンの親子に早速出会った。家族らしいオス、メス、子どもの三頭が、草むらの彼方から姿を現し、テントの方角にゆっくり歩いて来た。間を隔てるフェンスも溝もないフィールドだ。野生のライオンを見るなんて、もちろん三人とも初めての経験だった。なにしろ、肉食系の猛獣、百獣の王である。一瞬、足が竦《すく》んだ。

まず、陽次郎が恐る恐る双眼鏡を手に取ってのぞいてみた。

ライオンは通常、数頭のオスが、さらに多くのメスと子どもを従えて群れを作ると聞いていた。この一家は、オスがリーダーを決める闘いにでも敗れて、群れから追い出されたはぐれ家族なのだろうか。子どもが一頭しかいないのは、天敵のハイエナの群れにでも襲われて殺されてしまったのかもしれない。

それでも、先頭に立つオスのたてがみは存在感があった。けっこうおとなしそうで穏やかな風貌《ふうぼう》をしていた。ときどき一緒のメスと子どものほうを気遣うように振り返り、周囲を注意深く見回しながら歩いて来た。

「見てごらん」

はると陽子に双眼鏡を手渡して陽次郎は言った。

「いいかい。スマイル、スマイルだよ。大丈夫。あなたのほうが私より上だ、と謙虚な視線で眺めれば、彼らは安心して、決して襲って来ないから」

日本にいたとき、本やインターネットでにわかに仕込んだ知識を受け売りした。しかし、それを実際に試すときが、こんなに突然やって来るとは……。

落ち着いて言ったつもりだが、本心ではやっぱり怖かった。声が上ずった。隣でファーナムが「その通り」といった様子でうなずいてくれたので、少し安心した。

間近で見るライオンは、優しい眼差《まなざ》しをしていた。二人は「チーズ」と言い合いながら、懸命にスマイルの表情をつくった。頬がどうしても少し引きつった。膝の関節ががくがくと震えた。

それを見て、ライオンの子どもがまず陽子に近づいて来た。親ライオンはやはり警戒心が強いのだろうか。一定の距離を保って、すぐには身構えを解かなかった。

子どもといっても、身の丈は一五〇センチ以上。陽子と同じくらいあった。陽子が恐る恐る手を差し出してグルーミング（よし、よしとなでること）を始めると、すぐに彼女の横に寝てしまった。体は大きいが、なるほど、まだ子どもなのだ。実に可愛かった。

それを見て警戒心を解いたのか、今度は母ライオンがはるに近づき、座り込んで、自分もグルーミングして欲しいとねだった。父ライオンはやはり、一家の主《あるじ》としてのプライドがあるのだろうか、陽次郎たちには近づかず、二〇メートルほど離れた草むらに座って、じっとこちらを油断なく見ていた。

陽子はライオンの子どもを太郎と名付け、はるは母ライオンを花子と名付けた。父ライオンは、二人で相談して貴男《たかお》と名付けた。ライオン親子はすぐに自分たちの名前を覚えたようだ。昼間は強い日差しを避けて、テントから離れた草むらの陰にいたが、名前を呼ぶと一直線に駆け寄って来るようになった。晩なると、姿が見えなくなった。どうやら、少し遠いところで寝たようだ。

ライオン、トラ、ヒョウ、チータなどの肉食獣は、みんなネコ科である。

陽次郎は、昔、家で飼っていた猫のことを思い出した。

最初の猫は「りょうま」というオスだった。幕末の尊王攘夷の志士、坂本龍馬にあやかって名付けた。名前に違《たが》わぬ暴れん坊で、しょっちゅう外で野良猫とけんかをし、そのときのけががもとで、若くして死んでしまった。次に飼った猫もオスで「もえぎ」といった。春に出た地域情報誌に「生後一カ月。差し上げます」と案内が出ていたのを見てもらってきた。夏に向かって健やかに育ってほしいと願って、はると陽子が名付けた。

猫はどう見ても怠惰な動物のようである。二匹とも実によく眠った。起こさなければ、一日一五時間以上も寝ていただろうか。そして目が覚めると、プイッとどこかへ出て行った。気が向くままに散歩などを楽しんでいたようだ。夜でもおかまいなしに外出した。飼い主が叱っても、叱っても、自らの行動を変えなかった。

好奇心旺盛《おうせい》で自分勝手。のびのびと振る舞い、まるで子どものようだ。なるほど、ライオンたちにも共通性があった。体の大きさは違っても、同じ仲間であることが、観察するほどによく分かった。

人の好みを表すのに、犬派、猫派とよく言うけれど、陽次郎は断然、犬派である。忠犬ハチ公の物語に象徴されるように、飼い主に忠実であり、率直に喜び、悲しみを全身で表すところがとても可愛いと感じる。

決まった時刻に家を出て、外で仕事を終えて夜に帰宅する。食事をして、風呂に入り、明日に備えて就寝する。シフト制の勤務で夜を通して仕事をする人もいる。生きていくために、家族を支えるために、多くの人が犬的に、誠実に一生懸命に働いているからこそ、この社会が成り立っている。もし、みんなが猫のように勝手気ままに生きようとしたら、一日で崩壊してしまうに違いないと思う。

ところが、ストレスにやられてこの旅に出て、少しずつだが、考えが変わってきた。

人間はどうして自らをこんなにすり減らしてまで働き続けるのだろう。猫の目には、人間はしなくてよいことにあくせく汗を流し、悩まなくてよいことをくよくよ悩む不思議な動物と映っているかもしれない。

俺たちが持っている自由奔放さと怠惰さこそが、より賢く生き抜くための王道なのだ。ときにふてぶてしくさえあるライオンたちの仕草は、まるでそう言って人間の営みを悠然と見下しているようにさえ見えた。

その翌朝も、ライオンの親子はテントにやって来た。食事のための狩りは早朝に終えたようだ。満腹そうな顔をしていた。その次の日もまたやって来た。

花子をはるが呼び、また、太郎を陽子が呼ぶと、二頭は目を細めて彼女たちの膝の上にまで身体を委ねてグルーミングをねだった。花子はいびきをかき、時々口をむにゃむにゃさせた。夢を見ているのだろうか。寛いだ人間の大人とそっくりな表情だ。

陽子はリュックからスケッチブックと色鉛筆を取り出して、花子と太郎を写生した。陽子が彼らをじっと見て紙の上に鉛筆を走らせると、二頭とも、描かれていることが分かるのだろうか、じっとしていた。その様子を見て貴男までが近づいて来た。二頭の後ろ五メートルほどのところで止まると、たてがみが最も見栄えする右四五度の向きにしゃがみこんでポーズをとった。

はると陽子は、ライオンたちと信頼関係を築けたことで、これから続くはるかな旅にも自信を深めることができた。

そして四日目、第一キャンプを引き払うときが来た。

車をキャンプ地の少し先の木陰に残して、そこからは徒歩の旅だった。車にはファーナムがＩＵＣＮの事務所などとの連絡に使う無線機が積んであったが、これから先は、もう使えない。

もちろん、スマートフォンや携帯電話のサービスエリア外だ。アンテナが立てられないから、衛星携帯電話も役に立たない。ということは、インターネットのメールも使えない。文明世界との連絡通信ができなくなるのだ。世界で何が起きているかをリアルタイムで知る手段は、手回し充電式の携帯ラジオが一台だけになった。いや、正確にはもう一台、電池で動くラジカセがあったが、後に述べるように、ハレの場の非常用なので、おいそれとは使えなかった。

これからは、病気や命にかかわる大けがをしても、野垂れ死にしても、警察にも救急隊にも軍隊にも、誰にも助けに来てもらえない。

――本当に地の果てまで来たのだ。

という思いが、陽次郎たちの胸にひしひしと迫って来た。身が引き締まる思いで、それぞれが体力に応じて荷物を背負い、ファーナムが先頭に立って出発した。

むき出しの土の肌と、人の背丈ほどの茂みや草むらがまだらになった平坦な土地がしばらく続いた。ライオンの親子は一緒について来た。最初のうちは、陽次郎の一行と一定の距離を保って後ろを歩いていた。

ところが間もなく、土の上にわずかについたけもの道が二股に分かれた場所に来た。一行がどちらへ進んだらよいかと迷って立ち止まり、ファーナムが地図とコンパスを取り出して調べていたら、花子と太郎が近づいて来てはると陽子のズボンのすそを口でつかみ、まるで「そっちじゃない。こっちの道だ」と言いたげに引っ張った。

それから先は、ライオンたちが常に先頭に立って一行を導いた。ハイエナが出ない安全な道を教えてくれたのかもしれない。百獣の王の義理堅さと頭の良さに、陽次郎たちは改めて舌を巻いた。

キャンプ地の北に広がるサバンナの手前まで一行が来ると、ライオンの親子は歩みを止めた。陽次郎たちの姿が地平の彼方に小さくなって消えるまで、名残惜しそうに茂みの前にたたずんで見送ってくれた。おそらく、そこまでが彼らの王国。そこから先は、ライオンといえども踏み入ることを許されない、別の獣たちの領域だったのだろう。

日本を離れてここまで四カ月。多くの鳥たちとライオンの親子に出会って、想像を超える体験をした。はるも陽子も、これまで便利で快適な都会で育った。アフリカどころか、日本の田舎で暮らした経験も皆無だったのに、驚くほどすんなりと順応していった。

陽次郎にとっては予想外の展開だった。人間はけっこう、新しい環境にたくましく適応する力を備えているのだと思った。

恋に敗れた陽子の決心　日本篇3

はるが賛成してくれて、陽次郎のアフリカ行きは本決まりになった。ただし、旅行会社が万事お膳立てしてくれる気楽な観光旅行ではない。周到な準備が必要だった。

①目指すはアフリカ南・東部、南アフリカとタンザニアの国境に広がるサバンナ地帯。
②一年半後の二〇二〇年春に日本を出発し、現地に約一年間滞在する。
③途中の交通はなるべく飛行機を使わず、船などのエコ＝省エネルギーな手段にする。

という基本方針を決めて、早速とりかかった。

現地への紹介は、陽次郎と同じ自然環境学の研究者でイギリス在住のドクター・スコット（愛称ロブ）に頼むことにした。ロブは南アフリカに研究のためのフィールドを持っていて、野生動物の保護活動をしている。以前から国際会議で会っては、よく議論する仲だ。「アフリカに来て一緒に研究をしないか」と陽次郎を誘ってくれていたので、力になってくれるだろう。特殊な地域への長期滞在だから、パスポートのほかにも、ビザの取得やさまざまな申請が必要になるかもしれない。それもロブに相談しよう。

アフリカまでの往路の船便は、東京の船会社に勤めている高校時代の親友に頼んで、貨物船にでも乗せてもらおう。

日本での仕事は、出発までに区切りを付けておかなければなるまい。

陽次郎の大学では幸い、自己充実休暇という制度があった。一定の期間以上勤続した者が、キャリア向上のために留学したり、心身をリフレッシュさせたりするのに使える。これに、たまりにたまった年休を足せば、二年くらいは休んでも大丈夫だ。あおりを食う上司や同僚からは渋い顔をされるかもしれないが、クビにはならないだろう。

はるは契約を一年ごとに更新する非常勤講師なので、大学をいったん辞めざるをえないだろう。日本に戻ってまた雇ってもらえるかどうか分からないが、だめなら、そのときはそのときだと腹をくくった。

最後まで残った二人の気がかりは、娘の陽子のことだった。

出発のときにはちょうど高校生になる。今通っているのは中学・高校一貫教育の学校だから、高校進学の手続きさえしておけば、受験の心配はない。しかし、両親がいない家に一年以上も一人で残すわけにはいかない。大阪府内に住んでいる陽次郎の両親の元に預かってもらうことにし、彼らの内諾を得た。

出発予定までいよいよあと半年余りに迫ったある日、陽次郎とはるはアフリカ行きの計画を陽子に打ち明けた。

それを聞いた陽子の反応は素早く、かつ断固としていた。

「私も一緒に行く。一人で日本に残って留守番するなんて、絶対に嫌や」

しかし、学校はどうする。まさか辞めるわけにはいかないだろう……となだめようとした陽次郎に最後まで言わせず、「そんなもん」とピシャリと反論した。

「そんなもん、日本に戻ってから、いくらでも行き直せるやないの。でも、一年間もアフリカの奥地に行くなんてチャンス、逃したら二度とあらへん。考えるまでもないわ」

言い出したら一歩も引かないところは、はる譲りだ。

――やれやれ、この母と娘は、反抗期だとか何だとか言っていがみ合っているように見えても、一卵性双生児のように性格がそっくりだ。こうなったら、一緒に連れて行くしかなさそうだな。

陽次郎は観念するしかなかった。


しかし、両親の前では強がってみせた陽子だが、一緒にアフリカへ行くと言い張った裏には実は、もう一つ理由《わけ》があった。彼女はその頃、成就しそうにない恋に幼い胸を焦がし、打ちひしがれていたのだ。このまま一人で日本に残されて高等部に進んでも、勉学に励んで清く明るい学園生活を送れる自信をまったく持てなかった。

事の始まりは、さらにその半年ほど前にさかのぼる。

「陽子、今度の日曜日、ひま?」

放課後の帰り際、仲良しの美晴《みはる》から声をかけられた。

「ま、忙しくはないけど。なんで?」

「バスケットボールの試合、見に行かへん?　俊樹《としき》が出るんや。大事な試合なんやて」

俊樹は彼女たちの同級生だ。成績優秀で学級委員長。生徒会の役員もしていた。おまけに容姿端麗で運動神経抜群。背はそれほど高くないが、バスケットボール部で一年生のときからレギュラーに抜擢《ばってき》され、二年生の後半からはキャプテンを務めていた。

当然、モテた。休み時間になると彼の机の周りに、女生徒たちが用事がなくても自然に集まって来た。バスケの試合にはいつも「親衛隊」と呼ばれるファンの一団が観戦に詰めかけた。本人は浮ついたり威張ったりするところが少しもなく、いつも女生徒たちとえこひいきなく接した。そんなところが、ますます人気を呼ぶことになった。

一方、陽子は正反対のアート系だ。学校では美術部に入っていて、まだ漠然とだが、将来は美術大学に進んで画家になりたいと夢見ていた。体育は苦手で嫌い。やたらと先輩後輩の序列を重んじ、単純で明朗活発を良しとするスポーツ系とは、どうもソリが合わない。俊樹のことも、そんなやつがクラスにいると視野の片隅に入ってはいたが、ほとんど話したことがなかったし、好意の対象として意識したこともなかった。

「バスケか、興味ないなあ」

陽子は気のない返事をしたが、美晴は拝み手をして粘った。

「俊樹とは席が隣同士やろ。休み時間に話をしてたら成り行きで、応援に行くって約束してもうたんや。お願い。一緒に来て」

「親衛隊に連れてってもらえば」

「嫌や。あいつらみんな、メチャ話題が狭くて教養が感じられへん。あんなやつらとツルんだりしたら、こちらまでアホになって女が廃《すた》るわ」

女生徒たちが本音で交わす会話は見かけによらず、本当に口が悪い。結局、陽子が押し切られた。いつもよりちょっと贅沢《ぜいたく》なフレッシュネスバーガーのクラシックチーズバーガーとフレッシュレモネードを美晴が昼食におごるという条件で折れ合った。

そして当日、さすがに中学生の試合では見に来る人は少なく、会場の体育館は空いていた。二人は、親衛隊が陣取っているチームベンチ側スタンドの席は避け、反対側の席に座った。こちらのほうが距離は少し遠いが、ベンチの選手たちの表情がよく見えた。

「選手は両チーム五人ずつ。あのかごの中に球を入れると、普通は２点。床に線が引いてある大きな円の外側からシュートして入れると３点。フリースローは１点……」

ルールに疎い陽子に、美晴が説明した。

「なんぼなんでも、そのくらいは知ってるよ。授業で習ったやん」

「そっか。じゃあ、もう少し専門知識の応用問題ね。俊樹はチームのマイケル・ジョーダンなんよ」

「え、マイケル……ジャクソンとちゃうの？」

「やっぱり〝運痴《うんち》〟の陽子にゃ無理か。あのね、アメリカのプロバスケットに、マイケル・ジョーダンていう史上最高のスーパースターがいたの。俊樹はそのジョーダンと同じシューティングガードっていう、攻めと守りの両方のかなめになるポジションで、チーム一番のポイントゲッターなの。ま、見ててごらん」

そうこう話すうちに試合が始まった。確かに、俊樹の活躍はめざましかった。チームメイトにテキパキと球を回す。素早くドリブルで切り込んでシュートを決める。相手が引いて守りを固めようとすると、外からスリーポイントシュートも放つ。

「わ、すごい」

「また決まった」

陽子も美晴もいつの間にか引き込まれていた。親衛隊と一緒になって立ち上がり、歓声を上げて拍手を送った。俊樹は一人で22点をあげ、チームは快勝した。

その日の帰り道、

「次の試合は、いつ?」

「来週の日曜らしいけど、どうして?」

「また来てやっても……いいよ」

陽子はすっかりバスケの魅力にハマった。週末の観戦行が二人の定番になった。間もなく春の新学年が始まった。兵庫県の教育委員会と体育協会が、さまざまなスポーツを描いたポスター原画を小・中・高校生から公募した。優秀作は最高三万円分の図書券が副賞にもらえ、実際に開くスポーツイベントのポスターにも使われる予定だという。美術部にも応募案内が回って来た。

以前の陽子なら多分、見向きもしなかったろう。だが、今回はひらめくものがあった。

「部の皆さんが練習する様子を、そばからスケッチし、写真に撮らせてほしい」

陽子は男子バスケット部顧問の教師に頼み込み、放課後の体育館に日参した。大きなスケッチブックを抱え、カメラを首にぶら下げてうろちょろする女生徒を、部員たちは不思議そうに眺めたが、そんな視線は気にせず、一心不乱で鉛筆を走らせ、シャッターを切った。一番のターゲットは俊樹だ。もちろん、そんな様子はおくびにも出さなかった。

二重三重のディフェンスをかいくぐってレイアップシュート決める選手を至近距離のローアングルから捉え、色鮮やかなアクリルガッシュで描いた陽子の絵は、審査員の全員一致で見事、最優秀賞に選ばれた。やがて、この絵を使った県の夏季スポーツ大会のポスターも出来上がった。知った人が見れば、俊樹をモデルにしたのだとすぐに分かった。

そこに、ちょっとした事件が起きた。学校の掲示板に貼り出されたこのポスターを何者かが傷付け、右下隅にクレジットされた陽子の名前が、ひっかいたように消されているのが見つかったのだ。その日の昼休みの教室で、

「犯人は確かに悪いけど、名前を消された人も問題ありかもねー。新参者でバスケのこと、ろくに知らんくせに、変に出しゃばって、いいとこ取りして。バチが当たったのよ、きっと」

聞こえよがしに話す声が陽子の席まで届いた。名指しこそ避けてはいるが、陽子にあてつけているのが見え見えだった。親衛隊のリーダー格のK子だった。周囲に三、四人が同調する素振りをして集まっていた。

そのときだった。俊樹が席を立ってK子たちに近づいた。そしてきっぱりと言った。

「陽子君は一〇日近くも体育館に通って、バスケ部の練習を観察したんや。一生懸命に何枚もスケッチして、あの絵を描いたんや。今じゃ、君らよりずっとバスケのことに詳しいよ。いい加減なこと言っちゃいかんよ」

その俊樹の顔を、陽子は視線をまともに向けてまじまじと見た。

――この人、優しそうに見えるけど、言うべきときには言うんや。〝八方美男〟やなか

ったんや。

俊樹も振り返って陽子を見た。二人の視線が合った。今思い返すとこのときが、陽子の胸に、それまでの単なる好意以上の感情が芽生えた最初の瞬間だった。

五月の連休を過ぎると、バスケットボールは春〜夏の本格的な競技シーズンに入る。陽子と美晴は週末の観戦行を再開した。

無意識の恋は人をおしゃべりにするが、自覚された恋は逆に人を無口にする。陽子の微妙な変化に最初に気付いたのは、やはり美晴だった。

「陽子、この頃、ヘンよ。何だか、夢見る少女になってない？」

「そ、そうかなあ」

「前は、俊樹が点を入れるたびに、はしゃいで手をたたいてたやない。今はトロンとした目で、黙って遠くばっかり眺めてる」

「……」

「あのね、この際やからズバリ聞くけど、ひょっとして、俊樹にホレちゃった？」

「……」

「やっぱり、そうか。だったら深入りしないうちに、諦めるほうがいいと思うよ」

「どうして？」

抑えたつもりだったが、思わず声がうわずった。

「俊樹には、友だち以上の、ずっと付き合ってる彼女《ステディ》がいるんよ」

「彼女《ステディ》？　確かなの？」

「親衛隊が言ってた。あいつら下《くだ》らへんけど、そういう情報はメチャ詳しいから、本当やと思う。幼なじみで、別の学校に行ってる子。親同士も知り合いで、将来は結婚させたいって認めてて、婚約者《フィアンセ》同然の深い仲なんやて」

――なんでそんなことを私に教えるの。余計なことを。

友の忠告を、このときばかりはちょっぴり恨まないではいられなかった。


そんな陽子の揺れる心をよそに、俊樹のチームは快進撃を続け、十数校が参加した地区トーナメントの決勝へ進んだ。それに勝てば、夏に開かれる県大会に初出場が決まる。相手は、昨年は大差で負かされた強豪のN中学。「今年こそ打倒N中」を合言葉にして厳しい練習を重ねてきたのだった。

もちろん、陽子も美晴も応援に行った。この日だけはスタンドの最前列に陣取った。

試合は緊迫したシーソーゲームになった。俊樹は前半（第一・第二クォーター）だけで12点をあげる大活躍をした。「よし、いけるぞ」。ベンチの士気が高まった。

ハーフタイムに陽子は、反対側の客席にいる女の子を目に止めた。長い黒髪、緑の七分袖のTシャツにジーパンの簡素な服装。親衛隊とも離れて、独りで後ろの奥の席に座っていた。見たことのない娘《こ》だった。

――俊樹の彼女《ステディ》に違いない。

何の証拠もないけれど、直感でピンときた。ゲームの行方を気にかけながらも、彼女から目を離せなくなった。

試合が大きく動いたのは後半の第三クォーターだった。俊樹がこの試合四つ目のファウルをしてしまったのだ。一試合に五つのファウルを犯すと退場だ。もう後がない。気を落ち着けるために、俊樹はいったんベンチに下がらざるをえなくなった。その間にチームは攻撃力が落ち、10点差をつけられてしまった。最終の第四クォーターは俊樹が背水の陣でコートに戻ったが、ファウルを恐れて強いプッシュができなかった。懸命に反撃したが及ばず、この点差が致命傷になって敗れた。

陽子は席を蹴って一階のコートに駆け下りた。試合終了の笛が鳴り止むまで待てなかった。隣にいる美晴のことも一瞬忘れた。

選手たちの落胆ぶりは、可哀想なほどだった。監督の慰めの言葉も耳に入らない様子だ。俊樹が一人離れてベンチの隅にうずくまり、タオルで顔を覆って泣いていた。

「僕が悪いんです。あんなファウルとられへんかったら、勝てたかもしれんのに。キャプテンの僕の責任です」

陽子は慰めようと思って俊樹に近寄ろうとした。そのとき一瞬速く、別の人影が横から飛び出して俊樹に抱きついた。あの娘だった。俊樹の背後から彼の肩に両腕を回し、背中に胸を預けて頬ずりしながら、一緒になって泣き出した。

「誰も悪くないよ。俊樹は一生懸命やったやないの。みんなとっても良かったよ」

のどの奥から振り絞るような声だった。

周囲の人たちは、あっけにとられて見ていた。俊樹と彼女だけの愛の結界がそこにあった。陽子が割り込めそうな余地はまったくなかった。完全に「負けた」と思った。

両親からアフリカ行きの計画を知らされたのは、そんなことがあった直後で、心がどん底まで落ち込んだときだったのだ。

アフリカに一緒に行くとは言ったものの、陽子の夏休みは、何をする気にもなれず、茫《ぼう》然《ぜん》自失状態のまま過ぎた。

秋の新学期が始まると、三年生は部活動の一線から退いて高校進学の準備にかかる。陽子の学校ではそのまま高等部に進む者が多いが、別の高校を受験する者もいた。

俊樹が京都にある有名進学校のR高校を受験するらしいといううわさが、どこからともなく聞こえてきた。陽子は美晴とともに人のいない美術室に俊樹を誘い、真意を質した。

不思議なもので、恋が破れた後のほうが、俊樹と何でもわだかまりなく話せるようになった。俊樹も、決定的な場面を陽子たちに見られたことで、かえって隠し事がなくなり、さっぱりした友情のようなものが芽生えたのかもしれない。

「R高校を受けるって本当？　進学校なら京都やなくても、もっと近くにあるやない」

「あそこにはインターハイ（全国高等学校総合体育大会）で優勝したことがある全国レベルのバスケ部があるやろ。部員は一芸入試の特別コースの生徒がほとんどやけど、進学コースの生徒も入れてくれるらしい。中学の総決算の大事な試合が僕のミスであんな負け方をしたやろ。悔しくて、このままじゃ終われんと思ったんや。それで、高校でもう一度、自分のバスケの力がどのくらいあるかを試したいと思って」

「彼女には話したん？　納得してくれたん？」

「入部できたら多分、寮に入るから、結布《ゆう》（彼女の名前。陽子はこのとき初めて知った）とはなかなか会えなくなる。寂しくなるねって、難しい顔された。けど、最後は『俊樹の気の済むようにやればいい。回り道になっても待ってるから』って言ってくれたよ」

——それじゃ私たち、あと半年足らずでお別れなの。


とは、さすがに陽子は聞けなかった。聞けば自分が惨めになる。いったんフラれても身近にいれば、いつかきっと逆転できるチャンスはある、とひそかに期する気持ちがあった。しかし、アフリカから戻って復学しても、そのとき同じ学校に俊樹はもういないということだ。少し立ち直りかけた心が、また落ち込んだ。


そして年が開けた二月、俊樹は目指したR高校に合格した。

陽子はアフリカへ行くことを、まだ俊樹に知らせていなかった。その旅立ちの日が一カ月後に迫っていた。

——ダメモトで告白だけはしておこう。このまま別れたら、一生悔いを残す。

だが、そうは思っても、面と向かって言える勇気はとてもなかった。両親と一緒にアフリカに行くことになった経緯を交え、思いのたけを手紙に書いて託した。

あなたに大切な人がいることは分かっています。それでもやっぱり、私はあなたのことが好きです。お願いですから、万々一にもまだ私にかすかな望みが残っているなら、どうか、あなたの心の片隅に、私のための小さな椅子を残しておいてください。新しい学校で、元気で頑張ってください。遠いアフリカの地からですが、ご活躍をお祈りしています。

体育の授業で教室が無人になったときに、俊樹の机の下に置いてあったカバンの中に、奮発したバレンタインデーのチョコレートと一緒にそっと忍ばせた。

翌日の下校時、俊樹から声をかけられた。

「昨日はありがとう。陽子も気をつけて、元気でな。あのー、正気言って僕、自分のことで頭が一杯で、愛だの恋だのって、まだよく分からん。でも、愛のチョコレートは結布への裏切りになるから、受け取れへん。友情の証しということで、いただくよ」

陽子の思いは丁重に拒絶されたということか。それとも皮一枚残して望みがつながったということだろうか。彼女は勝手に、後者だと解釈することにした。そうでもしなければ、この先、生きる張り合いをとても持ち続けられないと思った。

声楽家の母はるは、専門のクラシックの歌曲だけでなく、ポピュラーソングや歌謡曲のCDを、よく家でかけて楽しんだ。昭和の昔に流行《はや》った歌が多く、まだ幼かった陽子は、「古いなあ」と少しばかにしながら傍らで聴いていた。恋を知った今は、その意味が痛いほど胸に突き刺さってよく分かる。

少しは私に愛を下さい
全てを　あなたに捧げた私だもの
一度も咲かずに　散ってゆきそうな
バラが鏡に映っているわ
少しは私に愛を下さい

小椋佳《おぐらけい》「少しは私に愛を下さい」

こんな曲もあった。

好きだったのよ　あなた　胸の奥でずっと
もうすぐわたしきっと　あなたをふりむかせる
荒井由実《あらいゆみ》「まちぶせ」

――私は、鏡に映ったこのバラのように、一度も咲けないままで散ってしまうのだろうか。それとも生まれ変わって、俊樹を振り向かせることができるだろうか。

ともかく今は、自分自身に向かって懸命にこう言い聞かせている。

「私、アフリカに行って鍛え直して、少しは『いい女』になって戻って来るからね。待っててね、俊樹」

サイの背に乗りボノボの森へ　アフリカ篇3

第一キャンプを発った陽次郎の一行は、仲良しになったライオンの一家と別れた後、歩いてひたすら北の方角を目指した。毎日一五〜二〇キロの行程で、二週間が過ぎた。ようやくたどり着いた第二キャンプ地も、第一キャンプ地と似た、むき出しになった土の肌と草むらが、まだらになって広がる平原だった。

そこにはサイがいた。どうやら、ミナミシロサイのようだ。絶滅の恐れのある野生動植物の保護を目的としたワシントン条約で「取引を規制しなければ絶滅の恐れがある」とされて附属書iiに記載されている種である。一〇頭ほどが群れをつくっていた。

まずは、遠くから十分に距離をとって、双眼鏡で観察した。大きな体に圧倒された。おとなのオスと思われる個体は体長が三メートルくらい。体重は分からないが、二〜三トンくらいありそうだ。やや小さいサイはメスだろうか。それでも体長が二メートル半ほどはある。

群れには一頭の赤ちゃんが交じっていた。赤ちゃんといっても、体長は人間の背丈ほどある。横幅もあるので、駆け出しのお相撲さんのようだと、はるの目には映った。

皮膚は分厚く、首や足の付け根には大きなしわが寄って、まるで全身に革の鎧《よろい》をまとっているかのようだ。陽子は、ちょっと鼻白んで引いた。子どもであっても、のしかかられたら、つぶされてしまいそうだ。

それでも、はると陽子のおう盛な好奇心は衰えなかった。陽次郎から双眼鏡を受け取って、いつまでもサイの群れに見入った。

陽次郎の一家は日本を発つ前に、京都の岡崎にある京都市動物園と大阪の天王寺動物園に出向き、アフリカに生息する動物たちを入念に観察した。シマウマ、キリン、ライオン、トラ、象、サイ、クマ、サル、ゴリラ、チンパンジー、バッファロー、ゾウガメ、ペリカン、ダチョウなど二〇種余りの生態や分布状況を、飼育員から教えてもらった。

三人で愛知県犬山市にある京都大学の霊長類研究所や日本モンキーセンターにも行き、類人猿のゴリラやチンパンジーの情報を集めた。霊長類学者の京都大学教授、山極《やまぎわ》寿一《じゅいち》博士の著作も読んで、深い感銘を受けた。

そうして蓄えた予備知識を、いよいよ実地に役立てるときが来た。

同時に陽次郎たちは、胸にわだかまっていた疑問が氷解するのを感じていた。

――あのライオンの親子は知っていたのだ。未踏の地平の彼方にも、彼らのものとは別の豊かな野生動物の王国が広がっていることを。これを私たちに教えようとして、あんなに熱心に道案内をしてくれたに違いない。


さて、そのシロサイのことである。

数頭から二〇頭程度の群れをつくってサバンナに生息しているという。全身の分厚い皮膚は、ナイフでも突き通せない。オスが戦うときは、鼻の前に付いた長い角で相手を一撃する。草食性だが、何しろ大きくて強いので、ゾウやカバを除けば、対抗できそうな競争相手や天敵はいない。

厳密な分類では、南アフリカ産のミナミシロサイと、中央アフリカ産のキタシロサイの二つの亜種がいた。「いた」と過去形で言わなければならないのは、キタシロサイが二〇〇五年を最後に野生個体の確認が途絶え、絶滅したのではないかと心配されているからだ。ミナミシロサイも激減し、現在の生息数は二万頭を切っていると推計されている。サイの角には薬効があるという迷信が昔から信じられ、密猟の標的にされたためだ。そこへ近年の気候温暖化が追い打ちをかけ、生息地が干ばつに見舞われた。日本のような温帯季節風《モンスーン》地帯と違い、サバンナでは元々雨量が少ないので、いったん干ばつに襲われると、五年くらいは草木が十分に生えない。サイはの妊娠期間は五三〇〜五五〇日と長い。しかも、一回に一頭の子しか産まない。生殖適期を迎える四〜五歳のサイの出産が栄養不足で減り、生まれた子も十分に育つことができず、野性の群れが一つまた一つと消えていった。そして、絶滅が心配されるまでになってしまったようだ。

陽次郎たちは草原にテントを張って連日、サイの群れとにらめっこを続けた。彼らはおとなしい性格らしく、一定の距離さえ保てば、向こうから襲ってくることはなかった。一週間ほど経つと、子どものサイがまず陽次郎たちに関心を持ち始めたようだ。こちらが試しに、一日に三メートルくらいずつ近づくと、向こうも一メートルくらいずつ距離を詰めて来た。男の子か女の子か分からなかったので、陽子は「ドーン（夜明け）」と名付けた。

ドーンのすぐ後ろには、両親らしい二頭が控えていた。日本で飼育員から聞いた話では、サイは想像以上に母と子が親密で、ずっと母親が近くに寄り添って子どもの安全を見守るのだという。いつも近くに接しているほうが母親だろうと判断し、「ピーナッツ」と名付けた。少し離れたところにいる父親は「ベンケイ」と名付けた
一日一日と、三人とサイとの距離が縮まった。そして一〇日目の午後三時、ドーンがついに手の届きそうな位置までやって来た。ピーナッツが「大丈夫」と許可を出したようだ。子どもの角はまだ武器というほど大きくないので、突かれる心配はなさそうだが、それでも陽子は、身体が震えた。うっかり触ったらかみつかれるのではと怖かった。

「スマイル、スマイル」

自分に言い聞かせ、懸命に笑顔をつくって目配せを送った。するとドーンは、鼻面を上向かせ、さらに五〇センチほどまで近づいて来た。どうやら「触ってもよい」というシグナルらしい。

間近で見るサイの子どもは、熊二頭分くらいの大きさがあった。豚のような小さなしっぽを、チョロチョロ振っていた。陽子とはるは、ドーンと夕方までスマイルで接した。ピーナッツと二人の間は五メートルぐらい。父親らしいもう一頭は、七メートルほど離れたと

ころから見守っていた。日が傾いてくると、群れのリーダーから合図があったのか、サイの親子はそろって元の草原に帰って行った。

テントを張って二週間。サイとの交わりで最高の場面が訪れた。ついに、ドーンだけでなくピーナツもが、距離を隔てずにはると陽子のところにやって来た。ピーナツ、ドーンと陽子、はるの間に壁はなくなった。陽次郎は二人と二頭のサイから少し離れて、観察者に徹した。

翌日は第二キャンプを引き払って、次の目的地に向けて出発する日だった。言葉は通じなくても、サイたちには以心伝心で、別れのときが近づいたことが分かったのだろうか。その夜、サイの親子は元の草原には帰らず、テント近くでまるでガードマンのように陽次郎一家を見守ってくれた。

翌朝、サイの群れは朝食を取った後、みんな草原に横になって朝寝をしていた。陽次郎たちが荷物をリュックサックに詰めていると、ベンケイとピーナツ、ドーンの三頭が近づいて来て、くるりと横に向いて止まった。どうやら、重い荷物を背中に乗せていいよ、という意思表示のようだった。

三人はサイたちの体力に応じて、一番重い陽次郎の荷物をベンケイに、次のはるの荷物をピーナツに、一番軽い陽子の荷物をドーンの背中に積ませてもらった。

ベンケイとピーナツは間もなく歩き始めたが、ドーンだけが、まだ歩き出そうとしなかった。傍らに立つ陽子のほうを振り向いて、短い首をしきりに振った。

——？・？・？

戸惑う陽子にファーナムが教えた。

「きっと、陽子を背中に乗せたいと言っているんだよ」

とても想像できなかった野生動物の行動である。

陽子は、生まれて初めて乗せてもらったサイの背中で揺られ、文字通り天に舞い上がるような高揚感を味わった。

先のライオンの親子と同じく、サイの親子も、陽次郎の一行を次のキャンプの手前まで見送ってくれた。最後の別れとき、三頭がしっぽをチョロチョロ、チョロチョロと精一杯に振り回し、あいさつを送ってくれた姿が、一行の目にいつまでも焼き付いた。

太陽が沈む西へ向かってさらに三〇〇キロ。サイたちと別れてから一週間が過ぎた。陽次郎の一行はコンゴ民主共和国（旧ザイール）の北東部に入った。

次の目当ては、ボノボと出会うことだった。

ボノボは別名をピグミーチンパンジーともいう。チンパンジーとごく近縁で、人間に最も近いといわれる類人猿だ。チンパンジーよりやや小型だが、外見はどちらがどちらなのか見分けがつかないくらい似ている。日本を発つ前に陽次郎たちが調べたところでは、ボノボとチンパンジーは、アフリカ中央部の赤道直下の湿潤林から、より乾燥した半落葉林、疎開林、サバンナに至るまでさまざまな植生帯に住んでいるという。一行は今まさに、その領域に足を踏み入れたところだった。

間もなくチンパンジーの一群に出会った。二〇匹ほどの小集団が、彼らを遠巻きにして、何かうさん臭そうな顔でじっと見つめていた。こちらには近寄ろうとしなかった。

陽次郎は、旅に出る前、ファーナムと打ち合わせをしたときに教わった話を、なるほどと思い出した。

チンパンジーとボノボは外見は似ていても、性格がまったく違うので、すぐに分かるのだという。チンパンジーは警戒感が強く、人間に関心を示さない。一方、ボノボは好奇心が強く、人間を見ると近づいて来る。コミュニーケーション能力も高くて賢い。また、チンパンジーとボノボは、同じ地域に共存しない。棲《す》み分けができているのだそうだ。

すると、最初に出会ったこの一群は、ボノボではなかったようだ。陽次郎たちはちょっとがっかりして、そそくさと傍らを通り過ぎた。

一行はさらに一五キロほど進んで第三キャンプの予定地に着くと、岩がゴツゴツした丘の上にテントを張った。すぐ前に低木の茂みが広がり、その奥には、こんもりした森があった。サラッ、サラッとさわやかな風が頬に当たった。ゾウやマンドリル、ボンゴ、水牛などの姿が見えた。

そこは、事前に仕入れた情報のとおりなら、ボノボが暮らす森でもあるはずだった。これから一カ月、ここに腰を据えてボノボの生態を詳しく観察する予定だった。

森の夜明けはここでも、おびただしい鳥たちのさえずりから始まった。それに、キキィーキィー、キキィーキィーという特徴のある声が交じった。チンパンジーかボノボに違いない。「おはよう」とあいさつを交わして、一日の安全を確かめ合っているのだろうか。

だが、見知らぬ闖入者《ちんにゅうしゃ》に警戒を解いていないようで、陽次郎たちの前にはなかなか姿を現さなかった。

はるは、ボノボたちの心を引きつける手はないものかと考えて、日本にいるときの日課だった声楽のレッスンを復活させた。

毎日、朝食を済ますと、朝一〇時に森に向かって、モーツァルト作曲のオペラ「フィガロの結婚」第二幕のアリア「恋とはどんなものかしら」を歌った。タータタ、タータタ、タータッタターン、タータタ、タータタ、タータッタターンのあのメロディーである。プッチーニ作曲の歌劇「トスカ」第二幕のアリア「歌に生き、恋に生き」も歌った。

森から聞こえる声と自分の声に、どこか似ているものがあると感じたからだ。こうして毎日歌いかければ、彼らも興味を覚えてなにか答えてくれるかもしれないと期待した。

日本を離れてはや一〇カ月。気がつけば、歌うことをすっかり忘れていた。はるは、長い旅でたまりにたまったストレスを吐き出すように、のどを全開にして思い切り声を張り上げた。テントから森までは四〇〇～五〇〇メートルの距離があったが、向こうにも十分に響きそうな声量だった。

そして一週間ほど経った朝、いつものようにはるが歌い始めると、彼方の森からサルの群れが姿を現した。テントから一〇メートルほど離れた茂みの手前までゆっくり歩いて来ると、地面に座って、はるの歌にじっと聴き入った。待ちに待ったボノボの一家だった。

数えたら一五匹いた。先頭にいる大きなオスがボスらしい。次に続くのが若頭だろうか。さらにその後ろに若僧らしい三匹がいる。序列と役割がきちんとあるのだろうか、彼らは決してボスより前にしゃしゃり出ない。日本で観察したニホンザルの群れとそっくりだなと陽次郎は思った。

少し体の小さい数匹はメスや子どもだろうか。ボスたちに守られるように、後ろのほうに控えている。母親らしい二匹は、赤ちゃんを一匹ずつ連れていた。ヒトの赤ちゃんのように可愛い。

ボノボたちは、まだ警戒しているのか、それ以上は近づいてこなかった。彼らを眺める陽次郎たち一行の顔を、注意深くじっと見ていた。自分たちにどこか似ていると感じたのだろうか。どうやら敵ではないと判断したようだ。


第三キャンプ地では週に一、二回、スコールが降った。雨が落ちてくると、陽次郎たちは、三平方メートルほどのビニール布を三つか四つ、四隅を支柱に縛り付けて天に向かって広げ、雨水を貯めた。この水で洗濯をするのだ。

かなり規模の大きいスコールがあった次の日、陽次郎親子三人が貯めた水で洗濯を終えて昼食の準備をしていると、母と一匹の赤ちゃんのボノボが、テントから五メートルほどの所まで近づいて来た。赤ちゃんは生後三カ月くらいに見えた。

冒険の旅を始めてからの一行の炭水化物源は、主に乾パンだった。二～三週間に一度くらいは缶詰のご飯を使った。それにそれに付けるおかずを作っているところだった。

赤ちゃんはさらに近づいて、煮立っているなべを見つめ、しきりに首をかしげた。レコード会社RCAビクターのトレードマークに使われた、あの蓄音機のラッパの前で耳を傾ける犬・ニッパーとそっくりな動作だった。いったい何を作っているのだろうと知りたがっている様子だ。

ボノボに限らず野生の動物たちは、先に出会ったライオンにしてもサイにしても、赤ちゃんと子どもが真っ先に人間に関心を示す。そして親、特に母親にそれを伝える。父親や群れのボスは最後まで前面には出てこない……という共通パターンがあるようだ。

陽子ははると相談して、赤ちゃんを「ネーブル」と名づけた。ネーブルは次の日もキャンプにやって来て、さらに陽子とはるの近くまで寄って来た。

ある日、はるは、ネーブルの前でシューベルトの「アヴェ・マリア」を歌った。この聖母マリアへの祈りの曲は、はるが陽次郎と知り合った後に再び教会で歌う機会があり、陽次郎がとても感激してくれた思い出の曲だった。ネーブルも、この曲をとても気に入ってくれた。はるの前に座り込んでじっと聴き入った。

それがきっかけになったのか、次の日には別のボノボを一緒に連れて来た。ネーブルより少し大きい。こちらは生後五カ月くらいだろうか。ボノボやチンパンジーは五年に一度くらいしか出産しないそうだから、兄や姉ではないだろう。親が別の友だちのようだ。

「この子にも名前をつけようよ。何がいいかしら？」

陽子が提案した。陽次郎はとっさにアイデアが浮かばなかった。女の子なのか男の子なのかも分からなかった。しばし考えて、

「ネーブルとおそろいの果物がいいんじゃないか」

サクランボ、ストロベリー、ラズベリー、ピーチ、バナナ、マンゴー、パパイヤ……。いろいろあがった候補の中から、アフリカ生まれにふさわしいということで「マンゴー」に決めた。

ライオンにしてもサイにしても、名前をつけると、彼らは自分のことだとすぐに覚えた。ボノボの子たちも、はると陽子が「ネーブル、ネーブル」「マンゴー、マンゴー」と呼ぶとたちまち、彼女たちのところまで一目散に来るようになった。

さらに四日後、ネーブルが陽子の手の届くところまで近づいて来た。陽子は肩におそるおそる触ってみた。その途端、ネーブルは体をくるりと回し、おなかをこちらに向けて寝

そべってしまった。すると、マンゴーもネーブルの動作をまねて、はるの膝の上に体を半分委ねてひっくり返った。彼女たちを信ずるというメッセージなのだろう。二匹はそうして夕方まで二人に遊んでもらって、満足して群れに帰って行った。

翌朝一〇時過ぎ、今度はネーブルとマンゴーが、二匹の親のボノボと一緒にキャンプにやって来た。どうやら、彼らの母親らしかった。子どもたちから、はると陽子に遊んでもらったことを聞いて、親として、お礼をしなければと思い立ったのではないだろうか。家族の絆とコミュニケーションがしっかりとれている。

それだけではなかった。

四匹は昼前に一度群れに帰ったが、午後になるとまたやって来た。陽次郎たちの目もようやく慣れてきて、どちらがネーブルの母親で、どちらがマンゴーの母親かが、何となく分かってきた。

二匹の母親たちは、ネーブルとマンゴーをグルーミングした。面白いことに二匹とも、自分の子どもだけでなく、もう一方の子も分け隔てなく交互にグルーミングしていた。母と子の間の絆はもちろんあるが、子どもたちは群れあるいはファミリー全体の財産とみなして、全員で大切に育てるという習性が備わっていると見えた。厳しい自然環境の下で身につけた種の保存、維持に欠かせない知恵なのだろうか。

——人間と同じ？　いや、人間の社会よりもずっと愛情こまやかじゃないか。観察を重ねるほどに、陽次郎たちはすっかり驚き、感心しないではいられなかった。

こうしてネーブルとマンゴーの母子四匹は毎日、キャンプにやって来るようになった。雨が苦手のようで、スコールが激しく降るとたまに来ないことがあったが、そのほかの日はいつも午前中か昼過ぎになると姿を見せた。

そのほかのボノボたちは、まだ完全には警戒を解いていなかったのか、キャンプになかなか近づかなかった。それでも、ときどき森から出て来て、遠巻きにこちらをうかがう姿が見られることが増えた。陽次郎たちも双眼鏡でのぞきながら、観察を続けた。少しずつに群れの様子が分かってきた。

ボノボのオスには、ボスを頂点にした序列があることは前にも触れた。ボスはいつも、群れの全体を見渡せる高い場所にどっしりと座って、危険な敵がいないかと確かめるように、周囲を絶えず見回していた。たまに短い叫び声を上げる。すると周りにいる部下のオスたちがすぐにボスの指示を隅々まで伝える。命令一下で群れが動き出す。いかにも人徳、いや、サル徳を感じさせる威厳と統率力があった。

メスたちは群れの周辺に集まり、子どもたちと一緒にくつろいでいる光景をよく見かけた。父親や夫らしいオスがそこに近づくことはほとんどなかった。完全な女系集団のようだ。ネーブルとマンゴーの母親が陽次郎たちの目の前でしたように、お互いが代わる代わる、子どもたちをグルーミングしていた。どうやらメス同士は平等で、オスのような序列がないことが分かった。

赤ちゃんは、生まれてかなり早い時期から、泣いたり、声を出したり、ほほ笑んだりする。喜び、悲しみ、愛情など、人間が共感できる表情がのぞけて楽しかった。

ある日、陽次郎は、森から姿を現したボノボたちに向かって、ウィーン・フィルハーモニー管弦楽団のニューイヤー・コンサートのライブ盤ＣＤを、こんなハレのときのためにと、わざわざ日本から持ってきたラジカセで、音量を最大にしてかけてみた。手回し発電の携帯ラジオでもかけられないことはなかったが、少しでも良い音で聴かせたかった。ラジカセを動かす電池は非常用の貴重品だったが、惜しまずに使った。曲はヨハネス・ヴィルトナーが指揮するヨハン・シュトラウス作曲の「ラデツキー行進曲」だった。

オーケストラの奏でるメロディーと一緒に、盛り上がった観客席から湧き起こった手拍子が、ラジカセから流れた。ボノボたちの親子を見ると、彼らも手拍子を打って音楽に反応していた。

「すごいね。分かるんやね」

陽子が目を輝かせた。ボノボが人間に一番近い動物とは聞いていたけれど、音楽的な能力があることが分かり、ますます親近感を覚えた。

こうしてボノボたちと交流して三カ月。陽次郎の一行が第四キャンプに向けて旅立つ日が来た。はるは別れの記念に、彼らの前で「アメイジング・グレイス」を歌った。

Amazing《アメイジング》 grace《グレイス》!
How《ハウ》 sweet《スイート》 the《ザ》 sound《サウンド》
That《ザット》 saved《セイブド》 a《ア》 wretch《レッチ》 like《ライク》 me《ミー》!
I《アイ》 once《ワンス》 was《ワズ》 lost《ロスト》 but《バット》 now《ナウ》 I《アイ》 am《アム》 found《ファウンド》
Was《ワズ》 blind《ブラインド》, but《バット》 now《ナウ》 I《アイ》 see《シー》.

驚くべき恵み
なんと甘美な響きよ
私のように悲惨な者を救って下さった
かつては迷ったが、今は見つけられ、
かつては盲目であったが、今は見える
（日本語訳はウィキペディア日本語版による）

イギリス人、ジョン・ニュートンが一七七二年に作詞した賛美歌。彼は若いときに船乗りとなり、黒人奴隷貿易で巨額の富を得た。しかし、航海の途中で嵐に巻き込まれた船が奇跡的に沈没を免れて助かったのを転機に、それまでの行いを悔いてキリスト教に回心。勉学して牧師となり、罪深い身に赦《ゆる》しを与えてくれた神の愛に感謝を込めてこの詩を作った。アメリカで現在も第二の国歌と言われるほど愛唱されている歌である。

はるは、この曲が大好きだ。魂の叫びを感じる。日本では時折歌ったが、アフリカで披露したのは初めてだった。

――狭い人間の世界しか知らないで盲目だった私たちに、多くのことを気付かせてくれてありがとう。きっとここへ帰ってくるから、元気でまた会いましょう。

そんなメッセージを込めた。

思いはボノボたちにも伝わったに違いない。彼らは立ち上がって両手を胸に四回、五回と激しく叩きつけた。さらに悲しげに、いつもの音域より高い声を張り上げて、別れを惜しんでくれた。

アフリカ＝人類の揺りかご　日本篇4

「ところで、お父さん、どうしてアフリカなの？」

旅立ちを一カ月後に控えた二〇二〇年二月、陽次郎親子が自宅にそろって、これから三人で行くアフリカのことを調べていたとき、突然、陽子が質問した。

「どうしてって、どうして？」

陽次郎はとっさに意味が飲み込めなかった。

「人がめったに行けない秘境なら、別にアフリカやなくても、アマゾンの奥地だって、ヒマラヤだって、シベリアやアラスカだって、南極だって、いろいろあるやないの。どうしてよりによってアフリカに行くことにしたの。今頃になって聞くのもなんやけど」

そこまで言われて、やっと気付いた。

──ああ、間抜けだなあ、俺は。

肝心なことを妻と娘に話すのを忘れていた。

アフリカ──それは地球環境学者である陽次郎にとって、ぜひとも一度は行かなければならないとかねてから思っていた眷恋《けんれん》の地であり、改めて口に出すまでもない自明のことだった。たとえ研究生活に疲れ果てて、日本から逃げ出す旅だとしても。

しかし、言われてみればなるほど、はると陽子にとっては、きちんと説明してもらわないと、なぜなのか皆目分からないに違いない。

陽次郎は居住まいを正して、陽子のほうに向き直った。

「僕は大学で地球環境学を研究しとるんや」

「そんなことは、なんぼなんでも知ってるよ」

ばかにしないでよ、といった口調で陽子が切り返した。

「僕たちが住んでる地球は今、人間が大量に排出したCO_2などの温室効果ガスが大気中に増えて、じわじわと気温が上昇している。このまま手をこまぬいていると、近い将来に人間をはじめ多くの生き物が生存を脅かされる恐れさえ出てきてる。その温暖化のひずみを強く受けている地域の一つがアフリカなんや。干ばつが続いて森の木が枯れ、サバンナや砂漠に変わったりしている。そこに生きる動物や植物にとっては大問題やね。多くの種が、生息数が激減したり、ひどい所では絶滅したという報告さえいくつも届くようになった。その実態を研究者のこの目で確かめることが、今度の旅の大きな目的の一つなんや。気楽な観光旅行やないんだよ」

「観光旅行だなんて思ってへんよ。でも、『目的の一つ』っていうことは、そのほかにもまだ目的があるんよね」

なおも陽子が食い下がった。通りいっぺんでは納得してもらえそうにない。じっくり腰を据えて説明する必要がありそうだった。

「陽子は、僕たちヒトの祖先が最初どこで生まれたかを知ってるかい」

「知らない。どこでなの」

「アフリカ、とりわけ、これから僕らが行こうとしてるアフリカの中・南部らしいというのが、最近の考古学の定説になってる。人類の未来を考える学問をするなら、逆に大昔にさかのぼって、僕たちが最初にどんなところで生まれ、どんなふうに暮らしていたかを知ることが、とても大事になってくると思うんや」

「アフリカで生まれたなんてことが、どうして分かるの。そのあたりは大きな都会も古代遺跡もないジャングルやサバンナでしょ」

「そのサバンナなどから二〇世紀になって、サルから現代のヒトへと進化する過程をうかがわせる類人猿と猿人、原人、旧人といった原始のヒトの化石や、彼らが作ったと思われる石器などが、次々に見つかったんや」

「ピテカントロプス＝ジャワ原人や北京原人、ヨーロッパからはネアンデルタール人とか、原始のヒトの化石はアフリカだけじゃなく、世界のあちこちで見つかってるよね」

「よく知ってるね。しかし、アフリカから出土する化石は、それらよりもずっと古くからの長い期間の多様な種類を含んでる。質・量ともに他の地域を圧倒してるんや」

「ただのおサルさんの化石やないってこと？」

「そういうこと。今生きているサルの中でも、チンパンジーとボノボ、ゴリラ、オランウータンは、進化して最もヒトに近いので、類人猿と呼ばれているね。そのうちオランウータンを除く三種までがアフリカに生息していることも、ヒトのルーツがこの辺りではないかと推測される傍証となってる」

「チンパンジーやゴリラからヒトが進化したの？」

「厳密に言うと、ちょっと違う。現代は遺伝子の研究が進んで、いろいろな生物の遺伝子を解析して比べることによって、種の分化と進化の足取りをかなり詳しくたどれるようになってきた。チンパンジーやゴリラはゲノムと呼ばれる全遺伝子情報の九七～九八％がヒトと同じで、極めて近縁の種であることが分かった。わずか二～三％やけど、これだけの違いが突然変異と自然淘汰《とうた》によって生ずるには、約一〇〇〇万～七〇〇〇万年かかるそうや。ヒトと今の類人猿の共通の祖先から、まず約一〇〇〇万年前にゴリラが、さらに約七〇〇万年前にチンパンジーが枝分かれしたとみられてる。ちなみに、チンパンジーからさらにボノボが枝分かれしたのが約三〇〇万年前、そして今のヒトに直接つながる祖先が誕生したのが約二〇〇万年前という説が現在は有力や」

「その共通の祖先の化石は見つかってないの？」

「残念ながら、見つかっていない。見つかっているのかもしれないが、出土する化石はたいてい、頭や足の骨のほんの一部とか、たった一本の歯とかで、とてもこれだけでは断定できない。そもそも、動物の骨や歯が化石になって残ってくれるのは、奇跡に近いまれなことで、人類のルーツを調べるのは、見渡す限り広がる砂漠で一粒の宝石を探すような、とても根気のいる学問なんや」

「そんな骨の一部や歯だけで、何が分かるの？」

「達人が調べると、いろんなことが分かるんや。例えば、頭の骨の形から脳の容積が推定できる。チンパンジーやゴリラは四〇〇～五〇〇ccだが、現代のヒトは平均約一三五〇cc。脳が大きいほど、進化したヒトだといえる。ももやすね、足の指の骨からは、身長や、直立して二足で歩いていたかどうかとか、歯の形やすり減り具合からは、どんなものを食べていたとかも分かるね」

「ヒトとおサルは、どこで区別するの？」

「外見では、頭＝脳が大きい、四足でなく直立して二足で歩く、体毛が少ないなど。暮らしぶりでは、複雑な言葉を交わして意思を伝え合う、道具や火を作って使う、などかな。ラテン語の学名では、サルは『〇〇ピテクス』、ヒトは『〇〇トロプス』あるいは『ホモ〇〇』と呼んで区別するね。でも、サルも訓練すれば二足で歩けるし、いろんな鳴き声でコミュニケーションする。チンパンジーは簡単な道具も使うから、はっきりした境界線を引くのは難しい。こうした特徴を多く持っていればヒトに近く、あまり持っていなければサルに近いということかな」

　陽次郎はいつの間にか、すっかりのめり込んで、つい熱弁をふるった。

「何だか、人類の歴史の講義みたいになったなあ。こんな話、退屈やろ」

いささか照れたが、陽子は意外な興味を示した。

「なかなか面白いよ。もっと詳しく教えて」

そこで、はるが二人の間に割って入った。

「まあまあ、あまり急がないで、少し休憩しましょ」

アールグレイの紅茶と温めたスコーンを運んで来てくれた。


しばしのティーブレークの後、講義再開。

「ヒトのふるさとについては、昔は、ジャワ原人がいた東南アジアとか、雪男の足跡が見つかったヒマラヤ山脈のふもととか、いろいろな候補地があがってた。その中からアフリカが特に注目されるようになるまでには、多くの人たちによる地道な発掘と研究の積み重ねがあったんや。最初のきっかけは一九二四年、レイモンド・ダートというオーストラリアの人類学者が南アフリカで、子どもとみられる類人猿の顔の前面の化石を発見したことやった。推定された脳容積は四一〇ccと小さいんだが、前頭部が発達して、形がチンパンジーやゴリラよりヒトに近かった。脊椎《せきつい》につながる大後頭孔《だいこうとうこう》という開口部も真下に向いていて、背を伸ばして二足歩行していたことをうかがわせた。ダートは類人猿からヒトへと進化する中間の種に違いないと考えて、アウストラロピテクス・アフリカヌス（アフリカの南のサル）と名付け、翌年、ネイチャー誌に論文を発表した」

「二人目の功労者はロバート・ブルームという南アのお医者さんや。七〇歳間近になってから博物館の猿人発掘チームに加わって、三八年にパラントロプス・ロブストスの化石を発見した。がっしりした骨格を備えた、アウストラロピテクスと近い時代に生きていたと思われる別種の人類で、頑丈型猿人などとも呼ばれているね。さらに彼は四七年、アウストラロピテクス・アフリカヌスのほぼ完全な頭蓋骨《ずがいこつ》を発見し、それまで学界からほとんど黙殺されていたダートの論文の正しさを立証した」

「人類のルーツが、少しずつ分かってきたのね」

「ところが、事はそう単純やなかった。二〇世紀後半になっても重要な発見が相次いだんや。六四年にタンザニアで、ルイス・リーキーというケニアの古人類学者が、当時としては最も古い約二四〇万年前から約一四〇万年前のものと思われる猿人の化石を発見した。石器を使い始めていたことから、ホモ・ハビリス（器用な人）と命名された。身長は一四〇センチ足らずなのに、腕がとても長く、今のヒトとは容姿がかなり違う。共通の祖先から枝分かれして、今のヒトにはつながらずに絶滅した種でないかとみられている。進化の道筋は一直線ではなかったんやね」

「進化の途中で消えていったヒトがいたということね」

「七四年にはエチオピアで、アメリカの人類学者D・C・ヨハンソンらが、アウストラロピテクスの全身の約四〇％にあたる状態の良い化石を発見した。アフリカヌスより古いタイプで、アウストラロピテクス・アファレンシス（アファール猿人）と名付けられた。発掘隊が作業中によく聴いていたビートルズの楽曲『ルーシー・イン・ザ・スカイ・ウィズ・ダイアモンズ』にちなんで、ルーシーという愛称が付けられた。アファレンシスの化石はその後、エチオピアとタンザニアから多数見つかって、脳のサイズはゴリラやチンパンジーとあまり違わず、あごが前に突き出た原始的な顔だが、完全な直立二足歩行をしていたことなどが確かめられた」

「九二年から翌年にかけては、同じエチオピアで東京大学の諏訪元《すわげん》らが、ホモ・ハビリスよりさらに古い約四四〇万年前の猿人とみられる化石を多数発見した。アルディピテクス・ラミドゥス（ラミダス猿人）と名付けられた。足の指が物をつかめる手の指のように長いのが特徴的で、木の上で生活していたことをうかがわせた。これもアウストラロピテクスや現代のヒトから早い段階で枝分かれした別系統らしい」

「そして、二一世紀になっても、発見は続いた。二〇〇一年に、少し離れたサハラ砂漠南側のチャドでフランスのチームが、さらに古い七〇〇万〜六〇〇〇万年前の猿人とみられる頭の骨を発見した。サヘラントロプス・チャデンシス（チャドのサハラ人）と命名された。脳容積はチンパンジーやゴリラ並で小さいが、犬歯は小さく、大後頭孔が下に向いていて、二足歩行した可能性があるなど、古いわりにヒトに似た特徴を備えていた。これも枝分かれして消えてしまった種だろうが、類人猿とヒトの分化が想像以上に早くから始まり、多様な進化の道すじがあったことを示唆している」

「主な発見を駆け足で拾っただけでも、こんなにある。でも、ヒトの歴史は、まだまだ分かっていないことのほうが多い。今後も新発見によって、昨日までの定説が一挙にひっくり返る可能性は大いにあるね。今のところは、①現代のヒトはアウストラロピテクスの系統から進化したとの見方が有力　②進化の過程は一本道ではなく、多くの種のヒトが枝分かれして現れ、消えていった、という二点をしっかり頭に入れておこう。そうした予備知識を持って現地を訪ねれば、きっと、いろいろなことが見えてくると思うんや」

「私たちが新しい化石を発見できるかもしれへん」

「そうなったら、素晴らしいね」

「生きた原始のヒトに本当に出会えるかもね」

「アハハ、それはちょっと難しいやろうけど」

まさかそれが現実になろうとは、そのときの陽次郎たちはまだ知るよしもなかった。

陽次郎先生はさらに続けた。

「こうしてアフリカで増えた原始のヒトたちはやがて、スエズ地峡を渡ってユーラシア大陸、つまりアジアとヨーロッパに広がっていった。これが人類の『アフリカ単一起源説』という見方や。最近急速に進んできた遺伝子の解析によっても裏付けられて、今日では多くの学者がこの説を支持してる」

「旧約聖書の『出エジプト記』みたい」

「しかも、出アフリカは一回ではなく、複数回あったらしい。まず二〇〇〜一〇〇万年前に猿人か原人の段階のヒトが渡った。ジャワ原人や北京原人はそのときの子孫だとみられてる。次いで五〇万年ほど前に、猿人・原人より進化した旧人の祖先が渡った。ヨーロッパで栄えたネアンデルタール人や、最近シベリアで化石が見つかったデニソワ人はその子孫だという。そして最後に約一〇万年前、僕たちと同種のヒトであるホモ・サピエンスが、ユーラシアをさらに越えて、豪州や南北アメリカなど地球の隅々にまで広がった。ただし、出アフリカの回数や時期については諸説あり、見解が分かれているね」

「ちょっと信じられないかもしれないが、こうしてユーラシアに進出した猿人、原人、旧人たちの子孫の一部は、つい数万年前まで生き残っていた。数万年といえば、長い地質年代の中ではほぼ現代に等しい。そんな最近まで地球には、僕たちと同種のヒトのほかに複数種のヒトが共存していたんだ。それがなぜ、僕たち一種だけになってしまったのか。考えてみると興味が尽きないね。わずかな形質の違いが環境の変化に適応するのに有利に働き、自然に繁殖力に差がついたとみる人がいれば、種族間に血なまぐさい生存競争があったのではないかとみる人もいる」

「戦って殺し合ったの？」

「証拠はない。例えば、ネアンデルタール人と、ホモ・サピエンスのクロマニヨン人などは数万年前まで、氷河期のヨーロッパにともに住んでいた。ネアンデルタール人のほうが、いかにも寒い気候を生き抜くのに適した、がっしりした体つきをしてる。脳の平均容積も一五〇〇cc近くあり、ホモ・サピエンスより大きい。ところが実際には、きゃしゃな体つきで脳も小さいホモ・サピエンスが生き残った。体が小さいほうが省エネで少ない食料で生きられた、とか、脳は小さくても知的な思考をつかさどる前頭葉が発達していて賢く、便利な道具を作り、上手に狩りをできた、などとさまざまな要因があとづけで言われているが、本当のところはよく分からない。分からないけれど、この両者の興亡は、今、世界中の気候環境が激変しようとし、ヒトの生き方が問われている現代に向けて、何か大事なことを投げかけているように、僕には思えて仕方がないんだ」

「さすが、環境学者だね。お父さん」

陽子のヨイショは聞き流して、陽次郎が逆に質問した。

「ところで陽子、そもそもヒトはどうしてヒトになったんやと思う?」

「え、おサルさんから進化したんちゃうの」

「いや、そういうことやなくて、なぜサルのままでいないで、ヒトに進化しなければならなかったのかということや」

「う〜ん、分からへん」

「ヒトが類人猿から枝分かれを始めた一〇〇〇万〜七〇〇〇万年前、アフリカでは活発な造山運動が起きて、中央部に広がっていた大森林が南北に走る山脈で東西に分断された。そして山脈の東側には、雨をもたらす雲を海から運ぶ偏西風が山に遮られて届かなくなり、森が次第に枯れてサバンナが広がったことが、地質学や考古学の研究で分かってる」

「何だか、今の気候変動に似てるね」

「森で果物などを食べて樹上生活をしていたサルたちにとっては、死活問題だったに違いない。ある者は意を決して木から地面に下り、食べ物を求めてサバンナに足を踏み出した。そこは、ライオンなどの肉食獣が住む恐ろしい場所だ。少しでも高い位置から周囲を見渡していち早く危険を察知しようと、後ろ足で立って歩き始めた。歩くのに不要になった前足は、ものをつかむのに特化して指が伸び、さまざまな道具を器用に使えるようになった。肉食獣が食べられないで残した獲物の骨を石器で砕いて脊髄液を取り出すといった技術を覚えた。やがて、仲間と力を合わせて狩りをすることも学んだ。肉食によって、大きな脳を作って維持するのに必要なタンパク質をとれるようになった。こうしておそらく何世代、何千年、何万年もかかって、環境に適した形質を少しずつ獲得し、知恵を身に着けた個体だけが、かろうじて生き残れたんだろうね」

「厳しいサバイバルがあったのね」

「視点を変えれば、進化とは、存亡の瀬戸際に立たされた生き物が、一か八かで必死になって絞り出した知恵の結果かもしれへん。そして、山脈の西側の森ではサルたちが、今も昔と変わらない生活を続け、そこから追放された山脈の東側の一群が、大変な苦労の末に世界中に散って広がり、ついに生物界の頂点に立つ者となった」

「これもまるで聖書の楽園追放みたい」

「ヒトは知恵を得たために楽園を追われた。あるいは逆に、楽園を追われたのと引き換えに知恵という新しい恩寵《おんちょう》を授けられた、と言うべきかな。僕はクリスチャンやないから、額面通り信じてるわけやないけど、聖書に載ってるアダムとイブの神話は、どうも単なる作り話ではないような気がする。ヒトの脳の奥深くに封印された遠い記憶が、リアルに反映されていると思えて仕方がないんや。『艱難汝《かんなんなんじ》を玉にす』ということわざがあるね。そう考えると、今の地球温暖化も悪いことばかりやない。ヒトが次の文明ステップに飛躍するための試練かもしれへんと僕には思えてくるんや。もちろん、大変な問題やから、気楽に構えたり、おごったりするのは禁物やけど。こんなふうに、これからの研究のヒントになりそうなことが、アフリカにはたくさんありそうな気がする」

学校の授業では教えてくれない新しい知識の連続に、陽子は驚き、目を輝かせて陽次郎の話に聞き入った。時間が経つのをすっかり忘れた。

――この人、ひょっとしたら、偉い学者なんかもしれへん。

日頃はむっつりしていて、とっつきにくいと感じていた父親が、この日ばかりはまぶしく輝いて見えた。改めてちょっぴり尊敬し、誇らしくさえ感じた。

はるは、そんな二人のやりとりを、ほほえみながら見ていた。

――いがみ合っているように見えても、やっぱり親子ね。

夫と娘がこんなに長いこと楽しそうに話し込むのを見たのは、何年ぶりだろう。陽子が反抗期に差し掛かってからすっかりなくなっていた家庭の団らんがよみがえった。これだけでも、家族そろってアフリカに行くと決めたかいが十分にあったわ、とうれしい気持ちになった。

原始のヒトと本当に出会った　アフリカ篇4

陽次郎の一行の第四キャンプの予定地は、ボノボたちが住む森からさらに北北西に約二〇キロ奥地に入った所だった。ファーナムも含めた四人はまた、リュックサックをそれぞれ背負って歩き続けた。

陽次郎のリュックサックには、テント一式、大小の鍋、ポリ容器、二カ月は暮らせる食料、それに水が入っていて、かなりの重さだった。加えてカメラやタブレット、手回し充電式の携帯ラジオなどの最低限必要な文明の利器。さらに手には、例のラジカセまでぶら下げていた。

サポーターのファーナムのリュックも、ポリ容器、食料、水がぎっしり入っていて重かった。彼は以前にもロブと一緒に何度もコンゴ地区に入っていたので、そのときに調べて作った集落の分布地図も持参していた。誰かが病気やけがをしたときに助けを求めるためだった。

はると陽子のリュックサックには、自分の寝袋、ポリ容器、衛生用品、病気やけがをしたときのための薬、衣服……がこれまたぎっしり。途中で車を捨てたので、旅を始めた当初よりも重くなり、陽子のリュックサックは一四キロ、はるは二〇キロを超えていた。

やっとどうにか第四キャンプ地に着いた。そこからさらに三キロほど北に行くと果樹が茂っている場所がある、とファーナムが言った。四人は、荷物を背中や腕から降ろすと、休憩する間ももどかしく、早速出かけた。いつも新たなキャンプ地に着くと、そうしてまず、道中ではなかなか見つけられない新鮮な果物を探して補給するのだ。

うっそうとした森が途切れてサバンナが広がるちょうど境目に、果実がたわわに実った茂みがあった。

一本の木の下に立つと、ファーナムがロープを肩越しにぐるっと巻いて、西部劇に出てくる投げ縄のような輪を作った。左手にその一方の端をしっかり握り締め、右手で輪を一〇メートル近い高さまで放り投げた。そして輪に引っ掛かった果実を、ロープを引いて手繰り寄せた。途中で輪から外れて地面に落ちてくる果実もあった。

陽次郎も見よう見まねでやってみた。難しかった。輪が果実のところまでなかなかうまく届かない。届いても丸い輪の形になってくれず、果実を引っ掛けられない。それでもファーナムのアドバイスで繰り返すうちに、何とか少し採れるようになった。ドウドウ（マンゴー）やパパイヤ、ジュース用のココナツ、ナシのような黄緑色のパラミツ（ジャックフルーツ）……。かごが一杯になり、とても一晩では食べきれないほどの収穫があった。

別の日、四人は朝食を終えると、今度は新鮮な水を探しに出かけた。

キャンプ地の近くにオアシスが見つかった。周囲には、草丈が一メートル半ほどに伸び、所々に岩肌がのぞいたサバンナが広がっていた。

突然、行く手の草むらから、ガサガサッという音が聞こえた。

「シーッ」

先頭を歩いていたファーナムが後ろの陽次郎たちを振り返り、口元に右手の人差し指を当てて注意を促した。一行が歩みを止めた途端、今度は何か「むにゃむにゃ」と言うような音が聞こえてきた。

ライオンの声ではない。サイはこのような場所には住んでいない。ゴリラやチンパンジー、ボノボであれば、ぶらん、ぶらんと木から木に渡って高い声を発するはずだ。そのどれとも違った。
——何だろう？
そのまま三分、いや、五分も経ったろうか。息を殺して待つ一行の前に、草の背後から
おもむろに、全身に毛を生やした生き物が現れた。
——ゴリラ？　チンパンジー？　いや違う。
その証拠に、二本の足ですっくと立っている。三匹、いや三人いた。手には細長い槍《やり》ら
しいものまで持っている。
——ひょっとしたら、げ・ん・し・じ・ん?!
そう、まるで原始人。本で読んだ猿人、原人とそっくりではないか。
陽次郎たちは、びっくりして後ずさった。後ずさりながらも、目だけは否応なく、この
生き物にくぎ付けになった。
「原始のヒトたちに出会えたらいいね」
日本を出発する前に、ほんの冗談のつもりで親子で言い合っていたことが、本当に現実
になったのだ。
——こんなときこそ、スマイル、スマイル。

まずは、敵意を持っていないことを相手に分からせることが一番だ。陽次郎も、はるも、陽子も、懸命に満面に笑みをつくった。相手も足を止め、じっとこちらを見ていた。キョトンとしたような丸い目をしていた。どうやら襲ってきそうな気配はなかったので、少し安心した。

――しかし、さて、どうしたものか。

陽次郎たちが戸惑っていると、横からファーナムが、

「マンボー」

と彼らに声をかけた。すると、相手の中で一番年長そうに見えるヒト?が、

「シ、マンボー」

と声を返した。

突飛な連想だが、陽次郎は一瞬、魚のマンボウのことかと思った。だが、どう考えても違うだろう。

次に、ラテン音楽のマンボのリズムを思い浮かべた。ファーナムが「マンボー」と言ったとき、彼らが一瞬、手と腰を揺り動かして踊るような仕草を見せたからだ。

すると、ファーナムが陽次郎たちのほうに向き直り、

「グッド・アフターヌーン。ハーイ、グッド・アフターヌーン」

と英語で通訳してくれた。それでやっと納得できた。マンボーは「Mambo」。アフリカ東岸部で広く使われているスワヒリ語で「こんにちわ」「どう、元気?」という意味のあいさつの言葉なのだ。

次いで、ファーナムが、陽次郎を原始のヒト（と彼らをこれから呼ぶことにする）三人に引き合わせた。陽次郎はファーナムから口伝えでスワヒリ語を教えてもらい、

「Jina《ジナ》 languni《ラングニ》 Yojiro《ヨウジロウ》（私の名前は陽次郎）」

「Nimefurahi《ニメフラヒ》 Kukuona《ククォナ》（はじめまして）」

と自己紹介した。

スワヒリ語が通じたところを見ると、この原始のヒトたちは、現地の現代人たちと、これまでにもある程度の接触があったに違いない。

彼らは、ファーナムよりも、肌の色や服装、風貌が違う陽次郎親子に興味を覚えたようだ。しきりに陽次郎たちを指さしながら、ファーナムにスワヒリ語らしい言葉で何か質問した。それをファーナムが英語で陽次郎に取り次いだ。

「どこから来たのかと聞いてるよ」

陽次郎が片言のスワヒリ語で返す。

「Nilitoka《ニリトカ》 Japan《ジャパン》（日本からやって来た）」

「Japan《ジャパン》?」

原始のヒトたちは言い返して首をひねった。初めて聞いた言葉だったようだ。

「東のほうの、ずっと遠いところ」

陽子が日本語で口をはさんだ。陽次郎は、スワヒリ語でどう言うのか分からないので、今度は英語で話してファーナムに通訳してもらった。それを聞いた原始のヒトたちは、東の方角を指で指し示し、「なるほど」というように首を縦に振って見せた。

「すごい。通じた」

はると陽子が手をたたいた。

スワヒリ語と英語に、ときに日本語を交えた異種間、異民族間のトリリンガルな会話は、とてもスリリングだった。お互いに使う言葉が違う同士でも、片言に身振り手振りを交えて、ちゃんと分かり合えたのだ。


ファーナムは頭にヘルメットをかぶり、胸にＩＵＣＮのイニシャルが、サイやゴリラ、ゾウのイラストとともに描かれた長袖の綿のシャツを着ていた。野生生物保護家ファーナム・ブライアンと書いた顔写真付きの身分証明書も首に掛けていた。彼はこれを改めて原始のヒトたちに見せた。怪しい者ではない、信用してもらって大丈夫、というサインだ。

そんなことをしなくても、会話が通じたことで、原始の人たちはすっかり警戒を解いてくれたようだ。陽次郎たちがほとんど丸腰で、武器らしいものを持っていないのを見て取って、安心もしたのだろう。陽次郎たちも次第に、原始のヒトたちをじっくりと観察できる余裕ができてきた。

原始のヒトたちは、手に手にやりを持っていた。狩りをするのに使うのか、猛獣から身を守る護身用でもあるのだろう。やりの先には鉄や銅などの金属ではなく、鋭くとがった薄片石器が付いていた。石同士を叩いて砕いた原始的な打製石器だ。それをやりの先に植物のつるで巻き、さらにタールのような黒いものを塗って、外れないように固定してあった。もう一方の手には、ヤシの実だろうか、大きな果実をくり抜いて作ったボールのような容器を持っていた。オアシスに水をくみに来たのではないだろうかと思われた。

三人とも、両の二の腕や、もも、ひざ、足の指やかかとなどに、獣の皮でつくった包帯のようなものを巻き付けていた。地面や草木などに直接に当たって肌が傷付くのを防いでいるようだ。ほかに服らしいものは何も身に着けていなかった。

二本の足はすらりと伸びて、けっこうスマートな体型だ。ぜい肉らしいものはまったく付いていなかった。もっと体毛が少なければ、今のヒトとほとんど同じ体つきに見えた。はると陽子はさすがに「裸」のヒトに抵抗を感じたのか、すぐには近づかず一歩引いて、陽次郎とファーナムの後ろから見ていた。

しばらくして、はるが勇気を奮い起こして、持っていた乾パンを三つ彼らに差し出した。すると、年長らしいヒトが頭をぺこりと下げて受け取り、ほかの二人に一つずつ配った。やがて、三人はパクパクと食べ始めた。三分ほどで食べ終わり、終わってから口の中の舌をペロリ、ペロリさせながら余韻を楽しんでいた。旅の保存食はどうやら、気に入ってもらえたようだ。おそらく、生まれて初めて口にした文明人の食べ物だったのだろう。

原始のヒトたちは、陽子にも話しかけた。チンパンジーのように高い声ではなく、普通のヒトの男性に近い声だった。スワヒリ語なのかもしれないが、陽子にはまったく分からなかった。

ファーナムはある程度分かるらしく、ところどころ通訳をしてくれた。彼らはオアシスの向こうの森の方角をしきりに指差し、身振りを交えてなにかを訴えていた。そちらの方角からやって来た、と言おうとしているようだった。

「それじゃ、明日も同じ時間にこのオアシスに来れば、また会えるかな」

陽子はそう言うと、近くに落ちていた木の枝をペン代わりに使って、地面に絵を描いた。まず丸い太陽、さらにその下にオアシスと、その周りに向かいって集った人々……。原始のヒトたちはしゃがみ込んで、不思議そうに眺めていた。

描き終わると陽子は、太陽を木の枝で指し示し、描いたオアシスと人の周りに十二時の位置から時計回りにぐるっとひと回りさせ、元の位置まで戻すと、棒きれでントンと地面をたたいてみせた。

「ア・シ・タ・コ・コ・デ」「Tomorrow《トゥモロウ》, Here《ヒア》.」

原始のヒトたちの目を見つめながら、念を押すように一音ずつゆっくり日本語と英語で言った。「明日、同じ時刻にここでまた会いましょう」という意味を込めたのだ。ファーナムもスワヒリ語にして伝えてくれた。しかし、分かってもらえたかどうか、半信半疑だった。

――本当に来てくれるかなあ。

心配なかった。約束は通じた。

翌日、昼過ぎに陽次郎たちが先にオアシスに行って待っていると、三人組はそろって、ちゃんとやって来た。手に手に大きな黒っぽく丸いものを持っていた。ファーナムに「Chakula《チャクラ》」、続いて「Viazi《ヴィアジー》」と言って手渡した。ファーナムは陽次郎たちに、「食べ物」で中には「ジャガイモ」が入っていると英語で説明してくれた

黒っぽいと見えたのは焦げた大きな木の葉の包みで、開くと中から焦げたジャガイモが出てきた。サツマイモに似た大きさで、炭水化物一杯の食べ物である。陽次郎たち四人の分があった。焼きたてらしく、まだ温かかった。

陽次郎たちは、手で皮をむいて食べた。日本で食べる品種改良された現代のジャガイモと違って、ゴリゴリしていて、甘味はまったくなかった。文明世界の美食にすっかり慣らされた舌には、おいしいとはお世辞にも言えなかった。しかし、野趣に富んだ素朴な味がした。きっと、昨日の乾パンへのお返しに持って来てくれたのだ。笑顔でありがとうの気持ちを伝えた。

それより何より、陽次郎は一口頬張ると、手の中に残ったイモをじっと見つめたままフリーズしてしまった。驚きと感動のあまり、のどが詰まりそうになった。

「どうかしたの、お父さん」

傍らから陽子が心配顔で尋ねた。

「あ、いや、何でジャガイモなのかと不思議でね」

「ジャガイモじゃあかんの？」

「ジャガイモ＝馬鈴薯《ばれいしょ》、ポテトは南米アンデス山脈の原産で、古代インカ帝国で栽培されていたんや。それを大航海時代の十六世紀頃に征服者のスペイン人がヨーロッパに持ち帰って広めた作物や。アフリカには自生してへん。ということは……」

「ということは？」

「昔に誰かが文明世界からここを訪れて、原始のヒトたちに伝えたんやろうね。それを彼らが栽培したということや」

「そら、栽培したんとちゃう？」

「それが驚きなんや。いいかい、農業が始まったのは、完全にホモ・サピエンスの時代になった今から約一万年前の新石器時代後期、と考古学では言われてる。しかし、この原始のヒトたちは、少なくとも外見は、それよりずっと古い時代の猿人か原人に見える。彼らが生きてたのは、ヒトが動物を狩ったり木の実を採って食べてた百万年以上前から数十万年前の旧石器時代で、まだ農業など知らなかったということになってるんや」

「文明人がイモと一緒に、作り方も教えたのかもしれへんよ」

「こんな原始のヒトが生き残っていて文明人と接触したなんて記録は読んだことがないし、現代の学界には届いていない。ずっと昔に猛獣狩りかなんかに来た人はいたかもしれへんが、そんな輩《やから》が、そこまで親切に農業技術を教えたなんて、とても想像できへん。仮に教えたとしても、ここは熱帯のサバンナや。アンデス山脈とは気候風土が大きく違う。栽培を続けるのは、並たいていのことやない。現代の日本でだって、ジャガイモの種イモを腐らせずに保存して毎年作り続けるのは、プロの農家でもけっこう難しいんやで」

「要するに、どういうこと?」

「この原始のヒトたちは、その前からすでに農業を知ってた。だから、文明人がもたらした新しい作物にもすぐに慣れて、作り続けることができた。そう考えるのが自然やないかな。農業の始まりは実は、僕らが想像しているよりずっとずっと古いのかもしれへん。もしそうなら、定説を覆す大発見になる。もちろん、軽々しく結論づけられへんけど」

「イモをどうやって料理したのかしら」

「表面が黒く焦げているから、丸のまま木の葉で包んで地面に埋め、その上から火を焚《た》いて蒸し焼きにしたんやろね。火を使うことは知ってるけど、鍋や釜で煮炊きすることは、まだ知らへんのかな。それから、このイモ、塩味が付いてるやろ」

「うん、確かに、少～し、しょっぱいね」

「蒸し焼きにするまえに塩を振りかけたんやろう。何か分からんけど、ほんのりとハーブのような香りも付けてある」

「ちゃんとお料理してあるのね」

「ここは、海から遠い内陸やから、現代人に知られずに暮らす原始のヒトたちが、海の塩を手に入れることは難しいと思う。岩塩が採れそうな砂漠までも距離がある。塩はとっても貴重品のはずや。どうやって手に入れたんやろね。秘密の交易ルートがあるんやろか。原始の人たちの暮らしぶりを、もっと詳しく知りたくなってきたなあ」

「学者魂を揺さぶられちゃったんやね、お父さん」

一個の蒸し焼きのジャガイモから、想像がどんどん膨らんだ。陽次郎たちの想像と探究心は尽きることがなかった。

歌の交わりと旅の終わり　アフリカ篇5

先にも書いたが、アフリカの朝焼けは美しい。

陽次郎の一行は毎日、鳥たちの合唱とともに目覚めた。ブッシュでは、アフリカヒヨドリやシロハラクロガラ、サイチョウ、サンダーバード、ワシタカ、カッコーが飛び交った。ハツハナインコ、シロビタイハチクイ、アフリカワシミミズクもいた。湿地帯にはカンムリカワセミ、シロガオリュウキュウガモ、アフリカオオバシ、フラミンゴなどがいて、まさに野鳥の楽園だった。

テントを張った場所から一キロぐらい彼方の草原からは、シマウマの大群が走っていくひづめの音が聞こえた。キリンも背丈があるので姿がはっきりと見えた。

はるは、ボノボの森でしたのと同じように、毎朝、歌劇「トスカ」の「歌に生き、恋に生き」やシューベルトの「アヴェ・マリア」、賛美歌「アメイジング・グレイス」を歌って響かせた。さらに、ヨハン・シュトラウスの「ラデッキー行進曲」も、陽次郎にラジカセでかけてくれるように頼んだ。それに応えて鳥たちも、競い合うように甲高《かんだか》い声をあげてさえずった。

原始のヒト三人組は、朝食が終わる頃にキャンプ地によくやって来るようになった。これから長い付き合いになりそうなので、陽次郎たちは、これまで出会った動物たちと同じように、三人にも名前があるほうがいいと話し合った。桃太郎の民話にあやかり、背が高くて偉そうなヒトを「イヌ」、身軽そうなヒトを「キジ」、賢く機転が利きそうなヒトを「サル」と名付けた。

ところで、原始の人たちは独自の音楽を持っているのだろうか。はると陽子は、ずっと知りたくて仕方がなかった。

ある日、テントの外から、音楽らしい音が聞こえてきた。

――誰だろう?

陽次郎たちが出て見ると、三人組がテント前の広場に座り込んで演奏していた。

キジがあぐら座りした足の間にヤシの実の殻を抱くように置いて、石でたたいていた。

サルは竹の所々に穴を開けて縦笛のようにしたものを右手に持って吹きながら、五枚ほど束ねた大きな葉を左手に持って木でこすっていた。ヤシの実から出る音はポンポン、竹の笛はピーピー、木の葉はサーサ、ギャアザァという音がした。

イヌはヴォーカル役だった。抑揚がある声で、楽器と共鳴し合っていた。言葉はスワヒリ語なのか、意味が分からないが、大地に生きる命ある万物に感謝をするような歌だと、陽次郎、はる、陽子には聞こえた。

どうやら、はるたちに音楽を毎日聴かせてもらって刺激を受け、それじゃ、自分たちの歌も披露しようと思い立って、楽器を携えて来てくれたようだ。

陽次郎は、原始のヒトたちにますます興味が増した。ファーナムに、一度、彼らのムラを訪問して、どんな暮らしをしているのかを知りたいと打ち明けた。

翌日、ファーナムは、イヌ、キジ、サルに、ほかに仲間がいるか、とスワヒリ語で尋ねてくれた。彼らは、自分たちを含めて五つのグループがあり、各グループが別々に集団で行動している、と答えた。

ファーナムが重ねて、こちらの四人で彼らが暮らす所を訪ねたいと伝えると、明日返事をすると言って、その日は帰って行った。

翌日、三人組はまたやって来て、五つのグループの年長者から「どうぞお越しください」との許可が出た、との返事をくれた。

陽次郎たちは大喜びした。ファーナムは昔、ロブに同行してマサイ族の住まいを訪ねたことがあった。マサイ族は衣服をまとっていたが、原始のヒトたちは裸で全身を毛で覆われていて、マサイ族よりかなり「昔」の風体だ。どんな暮らしをしているのか、ファーナムももちろん知らなかった。一行はその夜、興奮してなかなか寝付けなかった。

次の日、朝食が終わった頃に三人組が迎えにやって来た。先頭にイヌ、次にキジとサルが続き、陽次郎の一行を、オアシスの向こうに広がる森へと導いた。

無数の大木が天空に向かって枝を広げてうっそうと茂る、陽次郎たちは初めて踏み込む領域だった。木の根元にも草木が茂って、さぞや歩きにくいだろうと予想していたが、意外にも、地面は枯れ葉が少し落ちているだけで、土がむき出しになっていた。日光がほとんど差し込まないので、下草が生えないのだろう。おまけに、三人組ら原始のヒトたちが行き来するせいだろうか、けものみちのようにならされていて、歩きやすかった。

薄暗がりの中を三〇分ほど進むと、行く手が少しずつ明るくなった。直径が一〇〇メートルほどの円い広場に出た。ここだけは木むらが途切れて、空からさんさんと日光が差し込んでいた。地面は草をきれいに刈り取ったかのように、岩混じりの土がむき出しになっていた。広場の一方向に小高い丘ほどのがけがそびえ立ち、斜面に、ヒトが立って入れるくらいの高さの横穴がたくさん開いていた。彼らの住まいのように見えた。

数人のヒトが広場の一角に車座になってしゃがみ、何か作業をしていた。陽次郎たちがのぞき込むと、地面から頭をのぞかせた石の上に平たいものを広げて、こん棒で叩いていた。獣の皮をなめしているようだった。

イヌが突然、「オーッ」と野太い雄叫びを上げた。それを聞いて、作業をしていたヒトたちが一斉に立ち上がった。周りの森や、がけの横穴からも、別のヒトたちが次々に姿を現した。雄叫びは、ゲストの到着を知らせる合図だったらしい。

広場の真ん中にヒトが集まって来た。中央に長老らしいヒトがすっくと立ち、その両脇をもう少し若そうなヒトたちが固めていた。ムラの幹部たちなのだろうか。サルが、長老の前に一行を連れていき、まずファーナムを紹介した。ファーナムが「お会いできて光栄です」とスワヒリ語であいさつし、長老に陽次郎親子を紹介した。

そうこうするうちに、さらに大勢が集まって来た。全部で三〇人くらいいただろうか。子どもが四、五人交じっていた。

石の上に、座布団の代わりだろうか、乾かした大きな葉を敷き詰めた席が用意され、陽次郎の一行を座らせた。早速、みんなで歓迎の演奏と踊りが始まった。〝お偉いさん〟の長々としたあいさつや演説は、いっさいなかった。

――現代の僕らの世界より、ずっとさばけて進んでるな。

陽次郎は、すっかり感心させられた。

一番多い楽器は、キジがたたいていたのと同じヤシの実の殻を用いたもの。実の大きさによって低音用や高音用があり、石だけでなくカシのような硬い木もばちに使った。それに大きな木の真ん中をくり抜き、動物の皮を張った太鼓も加わって、踊りのリズムを盛り上げた。

はるは、歌でお礼のあいさつを返そうと思い立った。ファーナムに曲の紹介を頼み、得意の「アメイジング・グレイス」を披露した。

すると、原始のヒトたちは三つのグループに分かれ、別の曲で踊り始めた。中をくり抜いた木の筒に小石や豆を入れたカラカスのような楽器、竹で作った横笛や縦笛、それにサルが使っていた束ねた大きな葉を木でこする楽器などが加わって、ザワザワ、キュウキュウとまるでオーケストラのようなにぎやかな音を鳴り響かせた。

彼らの身体は毛で覆われているので、はっきり見分けはつかないが、男も女もいるようだった。万物への尊敬と崇拝、喜びと祈り……。何の根拠もない勝手な連想だが、雨乞いの歌と踊りのようにも聞こえた。

アフリカの奥地で、こんなフルキャストのコンサートでもてなされるなんて、思ってもみなかった。なんと最高の歓迎だろう。

願わくは、話す言葉がもし分かれば、さらに彼らとの溝はなくなるのではと陽次郎は思った。持参したタブレットに急いでステレオ・マイクをつなぎ、彼らの演奏を録音した。

そうこうするうちに、歓迎の料理が出てきた。あの蒸し焼きジャガイモに加えて、焼肉とさまざまな果物が、陽次郎たちの席の前にたちまち山盛りになった。

一行が圧倒されてポカンと見ていると、給仕役の女性らしいヒトが手にとって、陽次郎たちの口元に次々に差し出した。ここで遠慮しては、かえって失礼になる。四人は一生懸命に頬張って食べた。肉はガゼルの類だろうか。赤身で、ジャガイモと同じように塩とハーブで味付けがしてあった。適度な焼き加減でおいしかった。果物は陽次郎たちにもおなじみのものだったが、キャンプ地で採ったものより甘かった。原始のヒトたちは、旬を熟知したグルメのようだ。

昼前から始まった宴は、延々と未明の三時まで続いた。限りなくその場から離れがたい気持ちがお互いにあったが、サルとイヌが帰路のボディガード役を買って出てくれ、一行をキャンプ地まで送ってくれた。

三人組と陽次郎一家の交流はその後も続いた。言葉は分からなくても、音楽で心を通じ合えた。

三人のうち、イヌはかなり頭が働くのか、理解が速くてコミュニケーションをとりやすかった。キジ、サルとも動作や仕草でけっこう通じ合えるようになった。

毎朝、音楽で一日が始まった。三人組がやって来て、まず朝を礼賛する調べを奏でた。終わると三人は、はるの「おかえし」をじっと待った。はるが「アヴェ・マリア」を歌うと、森とサバンナにソプラノの歌声が広がった。

続いて三人組は、昔から語り継がれているという雨を乞い求める歌を聴かせてくれた。心の叫びを打楽器の響きがいっそうかき立てるような感があった。陽次郎一家の今回の冒険の旅での最大の収穫は、間違いなく、この三人の仲間と音楽を通して触れ合えたことだった。

三人組がこうして奏でる音楽は、漏らさず録音した。はるは陽子をアシスタントにして、先に彼らのムラを訪ねたときに録音した分と合わせて、彼らが歌い奏でた調べを、少しずつ楽譜に起こした。前にも触れたが、キャンプでは簡単な夕食を終わってしまうと、就寝までに時間はたっぷりあった。最初のうちは試行錯誤だったが、曲の順番や登場する楽器の順番などに規則性があることなどが次第に分かってきた。

どんなに楽しい旅にも、それが旅である以上、やがて終わりがやって来る。陽次郎の一家が日本を発ってから、すでに一年以上が過ぎていた。日本に帰るべき日が次第に近づいてきた。

当初の予定通り帰国するか。それとも、滞在をしばらく延ばして原始のヒトとの交流を続けるか。二つの選択の間で、陽次郎の心は激しく揺れだした。

良識ある社会人、一家の長としては当然、帰国すべきだろう。元々が、そうした約束でもらった休暇だ。陽子はこれからいよいよ一人前に成長する大事な時期にさしかかる。一日も速く学校に復学させ、文明社会に戻してやらなければいけない。声楽家の妻の仕事も、いつまでも奪うわけにはいかない。

しかし一方、学者・研究者としての探究心、功名心がむらむらと頭をもたげた。

なにしろ、現代まで生き残った原始のヒト＝猿人あるいは原人と出会ったなんて、ノーベル賞級の世紀の大発見だ。論文をまとめて発表すれば、自分は間違いなく歴史に名を残す大学者になれる。

ただし、そのためには、まだまだデータが足りない。原始の人たちのことを、もっと詳しく調べる必要がある。たった一度のムラ訪問では、分からないことだらけだ。できることなら、せめてあと数カ月、現地に腰を据えて、彼らの暮らしぶりに密着したいと陽次郎は思った。

・どんな家族構成なのだろう。一夫一婦制？　サルのような大家族？
・リーダーをどのようにして決めるのだろう。
・スワヒリ語のほかに、どんな独自の言葉を使うのだろう。
・あのがけの横穴に住んでいるのだろうか。
・あれだけの音楽をするのなら、絵を描いたりはしないのだろうか。
・ジャガイモのほかにどんな作物を、どこでつくっているのだろう。

・道具は石器だけ？　銅や鉄などの金属をまったく知らないのか。
・どのようにして狩りをするのか。
・ほかの集団との間に争いはないのか。
・神や死後の世界を信じているのか。墓は作るのか。

知りたいことが山ほどあった。

——日本に帰るべきか、帰らざるべきか。

悩めるハムレットの心境になって陽次郎は、はると陽子とファーナムに、どうしたものかと相談した。

三人はしばらく無言で聞いていた。

「やめようよ、お父さん。このまま日本へ帰ろう」

やがて、最初に切り出したのは陽子だった。

「原始のヒトたちのことを論文に書いて発表するなんて、絶対にやめよう。そんなことしたら、お父さんはちょっと有名な学者になれてええかもしれんけど、世界中から大勢の人が、珍しいもの見たさにどっと押しかけて来るわ。イヌもキジもサルも晒《さら》し者にされて、あのヒトたちのムラは、めちゃくちゃになってしまうわ」

はるも、陽子の意見に同調した。

「私も、その恐れは高いと思うわ。ここは、便利で裕福な生活に慣れきった文明人の都合や利害は脇に置いて、原始のヒト・ファーストで、どうするのがあのヒトたちにとって一番幸せかを考えましょう。やっぱり、彼らの存在が世界に知られれば、今まで通りの平和な暮らしを続けることは難しいと思うの。誰にも知らせず、そっとしておいてあげるのがベストじゃないかしら」

原始のヒトの存在を世に知らせるため、しばらくここにとどまってフィールドワークを続けることに、妻と娘が賛成してくれるのではないかと半ば期待していた陽次郎は、予想と反対の反応に戸惑った。

「学術研究のフィールドということで、外部の人の立ち入りを厳しく制限して保護の網をかければ、論文に書いたって大丈夫やないかあ」

と未練が残る口ぶりだ。

「だめ、だめ。学者が頭で考えるとおりにはいかないわ。今だって、象牙の取引が国際的に禁止されてるのに、ゾウの密猟が跡を絶たないやないの」

陽子がきっぱりと反論した。

それまで親子のやり取りをじっと聞いていたファーナムが、ここで初めて口を開いた。

「現代人は家畜やペットに優しい。野生動物に対しても、密猟などの問題は一部に残っているけど、今では保護に力を注いで、ずいぶん優しくなった。その点での理性や良識は、ある程度信じていいんじゃないかというのが、自然保護活動に携わってる僕の実感だ」

それみろ、と陽次郎が、我が意を得たりという顔をしかけた。ファーナムはそれを、右手の指を一本立てて横に振って制した。

「ところが、その人間が、同じ人間に向けて、ときに実に残酷な仕打ちをする。南北アメリカ大陸で征服者のヨーロッパ人が繰り広げた虐殺、アメリカ合衆国でのアフリカ人奴隷売買、ナチス・ドイツによるユダヤ人ホロコースト（大虐殺）……。アフリカでは今も、あちこちで部族紛争が絶えない。さまざまな差別となると、もう数え切れない。自分より弱い、あるいは目障りだとみなした相手には、動物たちに示したような慈愛がどこかに吹き飛んでしまうことがある。残念なことだが、私たち人間の一番の敵は人間自身だ」

「原始のヒトたちは、その人間の仲間なのよね」

陽子が口を挟んだ。ファーナムは続けた。

「まさに、そこが問題なんだ。彼らを野生動物だとみなせば多分、ライオンやサイやボノボのように保護することはできる。でも、それでは、彼らの尊厳を認めて対等に付き合うことにならない。一方、僕たちと同じ仲間とみなして存在を公表すれば、人間世界の過酷な生存競争に否応なく巻き込むことになるだろう。どちらも良い判断とは思えない」

「じゃあ、やっぱり……」

「僕も、はるさんや陽子さんに賛成だ。誰にも知らせず、そっとしておいてあげるのが、今、僕らがとれる最善の道じゃないかな」

陽次郎もようやく、なるほどと思い直した。功名を焦って学者バカに戻りかけた自分を深く恥じた。

——畏友《いゆう》ロブなら、こんなときに、どうするだろう？

そんな陽次郎の自問を読み取ったように、ファーナムが付け加えた。

「僕は、このフィールドの維持管理をロブから頼まれている立場だから、原始のヒトたちと出会ったことを、ロブにだけは報告するよ。了解してくれ。聞いたらロブもきっと、僕たちと同じ判断をすると思うよ」

陽次郎は、先ほどまでの思い悩みが嘘のように消えて、ほっとした気分になった。

そしていよいよ、アフリカで最後のキャンプ地を離れる日が来た。

朝、陽次郎たちがテントを畳んで出発の準備をしていると、オアシスの向こうの森の彼方から、無数の鳥たちのさえずりに混じって、太鼓や笛の音が響いて来た。やがて草むらから、手に手に楽器を持った原始のヒトたちが姿を現した。イヌ、キジ、サルを先頭にして、全部で三〇人以上いるだろうか。別れを惜しんで、ムラ中が総出で駆け付けてくれたのだ。

その前日、陽次郎たちは三人組に、翌朝ここを引き払って日本に帰ることを伝えた。複雑な会話は通じない。陽次郎がまず自分の胸に指を当て、次いではる、陽子、ファーナムの三人を指差し、さらに東の空に向かってその腕を回し、

「わたしたち、あした、にほんに、かえる」

と言って、ファーナムにスワヒリ語で通訳してもらった。「さよなら」の印に、バイバイと手を振ってもみせた。

イヌ、キジ、サルの三人は最初、きょとんとした顔で聞いていたが、ただならぬ空気を察したようだ。何か話し合いながら、急ぎ足で森の中へ帰って行った。ちゃんと意味をくみ取ってくれたのだ。

原始のヒトたちはテントがあった広場に集まると、その中から長老が陽次郎たちの前に進み出て何か言った。ファーナムが通訳した。

「みんな仲間。いつでも戻って来ていい」

陽次郎は胸が熱くなった。「ありがとう」と礼を返し、思わず長老の手をとって握りしめた。長老は少し戸惑ったようだが、すぐに握手の意味を理解した。力を込めて握り返してきた。温かい手だった。

その隣のヒトにも、またその隣のヒトにも、陽次郎は全員に握手して回った。はると陽子、ファーナムもそれに続いた。「アー！」と誰かが悲しそうな声を上げた。目に涙を浮かべているヒトもいた。

「このヒトたちに、何か記念品を贈ろうよ」

と陽子が提案した。そういえば、彼らのムラに招待されたときは手ぶらで訪ねてしまって、まだおかえしをしていなかった。

とは言っても、所持品は元々ぎりぎりまで切り詰めている。余分な贅沢品はない。何かないかなと陽次郎たちが、いったん閉じたリュックサックを開いて探しだしたのは、次の五品だった。
①使い捨てガスライター五つ
②爪切り
③ビクトリノックスのアーミーナイフ
④折り畳み携帯ショベル
⑤ポリエステル製の折り畳み一〇リットル水タンク二つ
①は幸い、ストックがまだ十分あった。陽子が着火してみせると、原始のヒトたちから「オー!」と歓声があがった。こんなに簡単に火を起こせるのは、彼らにとっては革命的なことなのだろう。
②ははるの発案だった。彼らの一人が長く伸びた手指の爪を割ってしまって、血を流して痛そうにしているのを見たからだ。爪を短く切りそろえていれば、傷めないで済む。使い方を実演して教えて、そのヒトに手渡した。
③はナイフのほか、はさみ、やすり、のこぎり、それにペンチ、缶切り(彼らには不要か)などがついたアウトドアの必需品だ。もう一つ予備があるので、あげても大丈夫。陽次郎がフルーツをナイフで、木の葉をハサミで、木の枝をのこぎりでそれぞれ切って見せ

て、長老に手渡した。
④はキャンプを設営するときに使った。帰路では、すでに地ならしした同じ場所が使えるから、多分なくても間に合う。原始のヒトたちも穴を掘ることは多いだろうから、役に立つに違いない。
⑤はオアシスでくんだ水を運ぶのに便利だ。ヤシの実の殻よりずっと多量を簡単に運べる。これも、予備があるので、あげても大丈夫。陽次郎がイヌ、キジ、サルと一緒にオアシスまで行き、使い方を説明して手渡した。
原始のヒトに文明の利器を持たせるのは、タイムマシンで過去の世界に行って、その後の歴史をねじ曲げてしまうようなもので、厳密には反則、禁じ手なのかもしれない。でも、僕たち現代人のご先祖さまの暮らしに少しでも役立つなら、親孝行の一種のようなものだ。考古学の神様も、きっと大目に見てくれるに違いない――陽次郎はそう言い聞かせて自分を納得させた。

贈り物を受け取った長老は、イヌ、キジ、サルに向かって何か指示した。すると三人がはると陽子の前に来て、彼らが持っていた楽器＝中をくり抜いた椰子の実の殻と竹の縦笛、それに束ねた大きな葉を差し出した。どうやら、贈り物の返礼として受け取ってほしいということらしい。

——え、本当にもらっちゃって、いいの?。

はると陽子は目を輝かせながらも、少し迷った。原始のヒトたちには、とても大事な物なのだろうと思ったからだ。

「こういうときは拒んじゃいけない掟《おきて》になってる」

ファーナムが傍らからそっとアドバイスしてくれたので、ありがたく受け取った。実は、三人組の演奏を最初に聴いたときから、これらの楽器がとても気に入って、「一つ分けてもらえないかな」と二人でひそかに話していたのだ。

後日、ファーナムから聞いたところでは、物資が乏しいアフリカの奥地では、物を贈ることはとても厳粛で神聖な行為で、贈られた物を拒むのは、贈り主を侮辱するとても失礼なことなのだという。原始のヒトたちにとっても、きっとそうに違いない。

陽次郎は、北アメリカ大陸先住民のポトラッチの習慣を連想した。「贈答」という行為も、種としてのヒトと一緒に、ここアフリカから世界に広まったのかもしれない、とふと思った。

何度経験しても、別れはやっぱりつらく悲しい。とりわけこのキャンプ地での滞在は一番長く、原始のヒトたちとの付き合いが濃厚だっただけに、後ろ髪引かれる思いがひとしおだった。

アフリカで知り合ったライオンやサイ、ボノボたちがそうだったように、原始のヒトたちもまた、歩いて遠ざかる陽次郎の一行を、草原にたたずんで、いつまでも見送ってくれた。陽次郎たちは荷物を背負って、ゆっくりと歩き出した。少し歩いては、来し方を何度も振り返った。そのたび、彼らはまだじっと立ってこちらを見ていた。しかしついに、丈の高い草に遮られて、その姿が見えなくなった。

陽子が両手をメガホンのように口に当てて、声を振り絞って叫んだ。

「私たち、きっと帰ってくるからねー。忘れないで待っててねー」

それに答えて「おーい、おーい」「わあー」という声が、地平の彼方からからこだまのように届いた。

陽次郎の一行は歩いていったんコンゴ民主共和国に入り、空路でタンザニアのアルーシャに飛んだ。その近くの第一キャンプで残していった車に再び乗り、ファーナムの運転でケープタウンに戻った。

日本への帰路もできれば船にしたかったが、すぐに乗せてもらえる伝手はなかった。往路の船を手配してくれた船会社の親友にも、さすがにそこまで無理は頼めなかった。

おまけに、一行がアフリカ奥地の別天地を旅している間に、下界では世界中で新型コロナウイルス感染症（COVID-19）が猛威をふるっていた。空路での往来も厳しく制限され、欠航、欠便が相次いでいた。

――エコにこだわってる場合やない。まごまごしてたら日本に帰れなくなる。

ファーナムがやっと手配してくれたカタール航空の関西国際空港行き便に、ほうほうの体で飛び乗った。

二〇二一年八月初旬。日本を発ってから一年五カ月にわたった陽次郎一家のアフリカ冒険の旅は、こうして終わった。

コロナ禍の街に帰って　エピローグ1

陽次郎一家が一年五カ月ぶりで帰り着いた日本は、新型コロナウイルス感染症が蔓延《まんえん》して大混乱に陥っていた。

三人は関西国際空港に降り立つと、入国手続を済ますや否や、ＰＣＲ検査の検体を採取され、待機所に指定された近くのホテルに有無を言わせず押し込められた。南アフリカではまだ感染力の強い新型のオミクロン株が見つかる前だったが、すでに多くの感染者が出ていた地域なので、そこからの入国者は特に厳重に監視する必要があるのだと言われた。

一日経って三人とも陰性と判定され、やっと帰宅を許された。

「ただし、経過を見る必要があります。二週間は絶対に外出しないでください。家の庭を歩くくらいはいいですが、旅行はもちろん、通勤・通学も買い物も散歩も外食もいけません。他人との直接接触を避けて、必要なものは宅配や通販、出前で確保してください。頭痛や発熱などの体の異常を覚えたら、すぐに最寄りの病院や保健所に届け出るように」と厚生労働省の検査官（大阪府の職員だったかもしれない）から厳しく言い渡され、換気のために窓を全開にしたタクシーに乗って、神戸・東灘の自宅に直帰した。

何はともあれ、この〝今浦島〟状態から一日も早く抜け出さなければいけない。三人は毎日、テレビと新聞、インターネットをむさぼるように見て読んで、情報を収集した。

二〇一九年末に中国湖北省武漢市で見つかった未知の感染症はたちまち世界中に広がり、二一年八月初めまでに約二億人が感染、四〇〇万人以上が命を落としたこと。当初は発生が少なかった日本でも、数波の流行を繰り返して感染者と死者が爆発的に増えたこと。不要不急の外出自粛、人前でのマスク着用、大人数での飲食禁止などさまざまな対策がとられ、抵抗力が弱くて重症化しやすい高齢者から優先してワクチン接種が進んだが、収束にはまだ程遠いこと。会社や商店、学校は休業や休校が相次ぎ、インターネットを使ったテレワークやリモート授業が急速に広まったこと。二〇年八月に開くはずだった夏季東京五輪は一年延期され、なお開催が危ぶまれたが、結局、無観客で開催されて八月八日に終わり、パラリンピックも間もなく始まること……。

少しずつ状況が飲み込めてきた。初めての経験、驚くことの連続だった。そういえば、日本を発つ頃、そんな感染症のニュースが流れていたと思い出した。アフリカにいたときも、ラジオの短波放送で日本からのニュースを聴いて、多少は知ったつもりでいたが、まさかこれほどのことになっていたとは。

——それでは当面、何をして時間をつぶしたらいいだろう。

根が真面目で仕事中毒《ワーカホリック》の気味がある陽次郎は、にわか〝蟄居《ちっきょ》〟に身を持て余した。

一方、はると陽子は、ちっとも退屈していなかった。むしろ、これ幸いと、アフリカで大量に録音した原始のヒトたちの音楽を楽譜に起こす作業の続きに取りかかった。楽譜に起こすとさらに、イヌ、キジ、サルの三人組から贈られたヤシの実や竹や木の葉で作った楽器を使って演奏した。もっと音がほしいなと感じるパートは、はるがピアノを弾き、陽子は前から習いたいと思っていたフルートを自己流で吹いて補った。

地平線まで果てしなく広がるサバンナ、うっそうと茂る森、灼熱の太陽と満天の星、無数の鳥たちの朝のさえずり、ライオン、サイ、ボノボとの出会い、そして、原始のヒトたちとの交流……。アフリカで出会った得難い情景の数々を思い出しながら、心を込めて奏でた。

「ヒマなら手伝ってよ、お父さん」

丘に揚《あ》がったマグロ状態でソファに寝転がっていた陽次郎も駆り出された。楽器ができないので、はると陽子の演奏をICレコーダーで多重録音する役を引き受けた。それをさらに二人が再生して楽譜に写し取った。新しい曲が次から次へとできた。

「いつかこれを発表しようよ。タイトルは『組曲：アフリカ　ひかり輝くものを求めて』がいいかなあ」

と陽子が声を弾ませた。今も生きている原始のヒトたちと出会ったことは、公表を断念したが、はると陽子、そして陽次郎も、このヒトたちが確かに存在しているという証しを、何かの形で世に伝えたいと夢を膨らませ始めていた。

——そうだ、画像を使わない音楽でなら、できるかもしれない。


新学期の九月が始まり、三人の自宅待機が無事に解けた。

——大学に僕の席は、ちゃんと残ってるやろか。

陽次郎は、ふと不安に駆られて出かけてみた。もらった休暇期間はまだ少し残っていたが、待ちきれなかった。

キャンパスは、コロナに痛め付けられてひっそりとしていた。ほとんどの講義がリモートに切り替わり、教職員もテレワークの自宅勤務が多いのか、教室にも研究室や事務室にも人影がほとんどなかった。サークル活動の学生たちのさざめきも聞こえなかった。

鍵を借りて自分の小部屋に入った。スチールの机と椅子、本と書類が山積みになった棚が、旅立つ前と同じたたずまいで陽次郎を迎えた。

――よくまあ、僕を待っててくれたなあ。また、お世話になるよ。

感謝を込めて、積もったほこりをはたきではたいて雑巾で丹念に拭い、床に掃除機をかけた。さらにアルコール・スプレーをあちこちに吹きかけて消毒していたら、目から涙があふれて止まらなくなった。

勝手に飛び出して地球を半周して、一年半も留守にしたのに、それでもなお、街のほんの片隅にだが、自分の居場所がまだあるという幸せに胸が詰まった。昔なら、こんなことで泣くなんて、考えられなかったのに。

「やあ、おかえり」

突然、背後から声をかけられた。振り向くと、教授が立っていた。

「ちょうど良いところで会えた。あいにくコロナのせいでみんな休みで、ここじゃ茶も出せない。ちょっと外に出ないか」

と、大学前の喫茶店に誘われた。陽次郎は長の無沙汰をわび、アフリカで見聞きしたことを（もちろん、原始のヒトと出会ったことは内緒にして）かいつまんで報告した。教授はそれを、

「詳しい土産話は改めて、研究室のみんなと一緒に聞かせてもらおう」

と途中で制して、次のように話した。

「この一年余り、君がいなくて、研究室は大変だった。何しろ、学生や院生たちが次から次へ、実験やフィールドワークや論文書きの相談にやって来る。僕とほかのスタッフが手分けして対応したが、とても追いつかへん。こんな大役を一人でどうやってこなしてたんや。君の超人ぶりに改めて驚かされた。すごい負担をかけていたんやなあと深く反省してる。君が帰ったら、そのことをまず謝りたいと、ずっと思ってたんや。本当に申し訳なかった。君はこの研究室になくてはならない人だと、つくづく分かった。だから、もちろん、旅の疲れを十分癒やしてからでいいから、ぜひ戻って来てほしい。僕を含めてスタッフ全員で役割を適切にシェアし直して、処遇を改善するから」

——自分は使い捨ての駒じゃなかった。一人前の研究者として認めてもらえた。

陽次郎は、また泣けてしまった。やたらと涙が出る日だなと思った。

そして九月の第三週、陽次郎は元の研究室に復職した。

朝七時に起きて家で朝食をとる。八時半頃の通勤電車に飛び乗る。職場の大学で夕方まで、同僚や大学院生、学生たちと過ごす。定時に帰宅することもあるが、研究や教務の残業がけっこうあって、夜八〜九時頃までいることもある。日の出とともに起き、日没とともに休んでいたアフリカでの日々と比べると、少し夜型になった。

要するに、世の多くの勤め人と変わらない生活になった。それでは、はるばるアフリカまで出かけて、いったい何が変わったの……と問われると、すぐに明快に答えるのは難しい。コロナ禍の下でいろいろな制約はあったが、外形的には、アフリカに行く前とほとんど同じ日常が戻って来た。

ただ、我ながら大きく変わったと感じることが二つあった。

一つは、家での食事のとり方だ。

以前の陽次郎は、夕食をたった一〇分ほどで済ませていた。はるが献立を工夫して腕によりをかけてつくっても、自分が食べてしまうと、うまかったともまずかったとも言わずに、はると陽子がまだ食べていてもおかまいなしで、難しそうな顔をしてさっさと自室にこもってしまっていた。

家族に意地悪をしているつもりは決してなかった。父親は熱心な禅宗の信者だった。食事は黙食が基本で、むだ話をせずに黙って米粒一つ残さず食べた。漬物もかむ音をたてず、モグモグ食べた。終わると「ごちそうさま」と言ってそそくさと席を立った。陽次郎も幼いときから、食事とはそんなものとしつけられて育ったのだ。

それが今は一変した。毎日というわけにはいかないが、家族三人がそろったときは、それぞれがその日に外で見聞きしたことを報告し合いながら、少なくとも一時間ほどかけてゆっくり食べるようになった。

アフリカでは、ファーナムも含めて全員が協力して食事の仕度と後片付けをした。食べながら、みんなで一日を振り返って反省し、翌日どこに行くか、何をするかなとを打ち合わせた。電灯がないので、夜は九時頃には就寝した。もちろん、一人でこもれる個室などなかった。時間はとても貴重で、起きてから寝るまですべてが共同生活だった。いやでも家族の会話は濃密になった。この習慣が、日本に帰ってからもすっかり定着した。

おまけに陽次郎は、クッキングスクールの年一〇回受講できるコースに入り、料理を習い始めた。週末に一度は自ら厨房に立ち、教わったメニューを実際に試す。これもアフリカで食事を作る楽しさを覚えたおかげだ。目下の得意料理は、肉じゃが、魚の煮付け、ビーフシチュー、オムライス、ビリ辛手羽揚げだ。プロに習っただけあって、味にははるも陽子も合格点を付けた。

ちょっと難点は、ぜいたくな食材が多いことだ。

「経済観念がないんだから」

と、はるからときどき苦情が出る。

「ま、それでも大進歩やん。しつけ直すのに、遅すぎるってことはないんやね」

と、陽子が軽口をたたいてとりなす。

もう一つ、変わったと思うのは、身近で見られる動物たちに注ぐまなざしだ。陽次郎の家の近くに墓地公園がある。墓参に訪れる人たちが食べ物を供えるためか、それをあてにしてネコを捨てていく人がいる。見るに見かねた動物愛護団体の人たちが保護してエサを与えたり、飼い主を募る活動をしている。

一度いじめられたネコは警戒して絶対に人間に近づかないが、中には人懐こいネコがいる。はるは買い物の行き帰りにそこに立ち寄り、ハナという名のネコと仲良しになった。名前を呼ぶと、ハナはどこからともなく走り出て来る。はるのひざに乗って、ぐるりぐるりと二、三周回る。よほど居心地が良いのか、すぐに目を閉じて眠る。ぬくもりを求めているのがよく分かる。

別のとき、陽次郎もハナを呼んでみた。ハナはすぐに駆け寄って来て、同じようにひざに乗って来た。また別のとき、陽次郎はひざの上でぐっすり眠ったハナをそっと抱いて、隣のベンチに移そうとした。ハナはそれが癇《かん》に障ったのか、陽次郎の手を爪でひっかいた。初めて見せた怒りの動作だった。

「起こしちゃったか。ごめん、ごめん」

謝って優しくのどをなでてやると、すぐに機嫌を直して目を細めた。体の大きさこそ違うが、アフリカで会ったライオンとそっくりの仕草だなと思った。

自宅の前の電線には、ときどきカラスが飛んで来る。普段は墓地公園の森をねぐらにしていて、ごみの収集日である月曜の朝になると、エサになる生ごみを目当てに住宅地までやって来るのだ。

どこかの家が戸外のごみ置き場にごみを出すと、カアー、カアーと鳴き交わして仲間に知らせる。たいていの置き場には金網と鍵が付いており、ごみ袋もしっかり閉じてあるので、どうすることもできないが、たまに鍵をかけ忘れたり、結び目の緩い袋があったりすると、たちまち見つけて、生ごみを引っ張り出して漁る。道には食べ残しやポリ袋、紙の切れ端などが散乱して悲惨な状態になる。当然、住民たちからは目の敵にされている。

陽次郎はある日、陽子と一緒に、書斎の窓からカラスたちをじっくり観察した。

二〇羽ほどのハシブトガラス群れで、明らかに分かるボスらしい鳥はいなかった。まずオスらしい大きめの数羽が、取り出した生ごみから一番おいしそうなところを奪い合って食べた。しかし、独り占めはしない。ちゃんと仲間の分け前を残した。それを次に、メスや子どもたちなのだろうか、少し小さめの鳥たちが分け合って食べた。

先に食べ終わって満腹したオスは、電線に止まって羽を休めていた。その隣にカアーッと鳴いて、伴侶らしいメスが寄り添った。陽子が言った。

「ありがとう、ごちそうさまって鳴いてるのかな」

すると、オスがメスの羽をついばんで毛づくろいをした。メスもオスにお返しの毛づくろいをした。仲睦《むつ》まじいなと思った。

昔の陽次郎なら、野良ネコやカラスなどに目もくれなかったに違いない。そんな動物たちの暮らしぶりが「見える」ようになったのは、アフリカで鳥やライオン、サイ、ボノボたちと身近に接してからだ。

アフリカのサバンナや森で保護されて暮らす絶滅危惧種だろうと、日本の都会の片隅にあぶれて鼻つまみ者と言われる動物たちだろうと、生きとし生けるものの命の重さに変わりはない。害獣だ、害鳥だと言ってさげすむのは、人間の手前勝手な都合にすぎない。みんな、愛のぬくもりと日々の糧を求めて、与えられた場所で懸命に生きていることが伝わってくる。

陽次郎の中で、静かに、しかし着実に、何かが大きく変わろうとしていた。


大学に復職して二カ月が過ぎた。

「先生、この頃、スッキリした顔をされてますね」

大学院生の清水君から言われた。陽次郎は彼の修士論文を監修していて、その提出締め切りが迫ってきたので、毎日のように会っていた。その日は一緒に論文を推敲《すいこう》した後、くだんの大学前の喫茶店へランチに誘った。

「そうかなあ。僕は僕やで。アフリカに長くいて少し日焼けはしたけど、中身は同じじゃや」

「何て言ったらいいかなあ、雰囲気がすごく明るくなられて、身の回りにオーラがみなぎってるんです」

「君の論文は偉い教授たちが審査するんやから、僕をいくらヨイショしても、成績に下駄は履かせられんぞ」

「アハハ、分かってますよ」

清水君は、研究生活を支障なく続けるためには心身を常にベストの状態に保つ必要があるとの考えから、専門の地球環境学のほかに心理学に興味を持っていて、いろいろな本を読んでいる。

最近「ワーク・ライフ・バランス」という言葉がよく言われ、ただがむしゃらに働くのではなく、仕事とそれ以外の生活とを両立させることが重視されだした。応用心理学では、①仕事意識＝どんな仕事にどのように打ち込んでいるか　②生活意識＝家庭・家族を中心とした個人生活が充実しているか　③社会意識＝家庭外のより広い社会に貢献しているか、という三本の軸を想定し、これがバランスよく正三角形になるのが望ましいとされているという。

彼はそこまで説明したうえで、「どうか、気を悪くなさらないで聴いてくださいね」と前置きして続けた。

「以前の先生はいかにも学業一筋という感じで、いつもピリッとした空気を漂わせ、気軽に声をかけるのがはばかられる雰囲気でした。夜も遅くまで研究室に残ってることが多くて、家族サービスはどうしてるんやろ、と僕ら院生や学生はみんなで首をひねってました。ワーク・ライフ・バランスの図で見ると、①の仕事意識が突出して高かったんです。僕らを丁寧に指導してくれたから、③の社会意識は普通でしょうが、②の生活意識は低かったと思います。とんがってバランスが悪く、今にも倒れそうな三角形ですね。それが、アフリカから帰られてから大きく変わりました。角《かど》が取れたというか、人柄がとても丸くなりました。僕らと接するとき、いつも楽しそうにされてます。夕方も、毎日ではないですが、早く帰ることが増えて、三本の軸が正三角形に近づきました。アフリカで何か、人生観が一変するようなことに出会ったに違いない、と僕らはうわさし合ってるんです」

なるほど、そう言われれば、思い当たるフシがあった。

早く帰宅するようになったのは、先に述べたように、料理を自分で作って家族と一緒にゆっくり食べる楽しさに目覚めたからだ。

それから、「明日すれば間に合うことを今日しない」ことも覚えた。電気のないアフリカのサバンナや森では、朝も夜も早い。やりかけの仕事には見切りをつけ、十分に休んで翌日に備えないと身が持たない。まして学術研究なんてことは、少々残業して根《こん》を詰めたところで、すぐに結果は出ない。継続は力なり。息長く、楽しみながらのんびりと取り組むのがコツだと分かってきた。

それより何より、今の陽次郎には、自分の家族のほかに、全力を捧げて守ってやりたいと願う、心から愛せる者たちができた。アフリカで出会ったライオンとサイの親子、ボノボたち、そして原始のヒトたちだ。一番決定的なのは、この点だと思う。

多くの人類の未来のため。そう志して研究の道に入ったことに、昔も今もうそはない。

しかし、研究は思うようにはかどらなかった。いろいろな煩悶《はんもん》が胸にうず巻いた。

――自分は役立たずでだめな人間なのではないのか。「多くの人々」っていったい誰のことだ。世界中で八〇億人を突破し、日本には一億二千万人余りいるという、統計の中でしか出会うことがないバーチャルな人々？　たまたま同じ電車に乗り合わせたり、街角ですれ違ったりするだけな大勢の人々？　そんな不確かで抽象的なもののために研究に打ち込むなんて、大変な偽善ではないのか。

アフリカへ逃げ出したのも、元はと言えば、そうしたことから募ったストレスに負けて押しつぶされそうになったからだった。

胸にうず巻いていたそれらの煩悶が、アフリカから帰ってから、うそのように消えた。

――目の前に見える愛する者たちと彼らの子孫が、どうすればこの地球で幸せに生き続けられるかだけを、環境学者というより一人の人間として、まず全力で考えよう。それが結果的により多くの人々の役に立てるなら結構なことだが、初めから「多くの人々のため」なんて大風呂敷を無理に広げる必要なんてないのだ。

――自分の書いた論文が学界でどう評価されるかとか、大学で誰と誰がゴマをすって偉くなったかなんて、もうどうでもいい。五〇億年後の地球がどうなるとか、人間も地球も広大な宇宙の中では一粒のゴミにも満たないちっぽけな存在だなんてわけ知り顔で言うやつらも、みんなくそくらえだ。僕は僕や。ゴーイング・マイ・ウェイや。

少し極端に言えば、そんなふうに居直れたのだと思う。いったん居直ると、心がスッと軽くなった。研究に打ち込むことに、もう迷いはなかった。

仕事は相変わらず忙しい。研究室での役割をシェアし直したといっても、今も三人の学生と二人の大学院生の監修を受け持っている。自分の研究になかなか思うように時間を振り向けられない。ただ、違うのは、若い彼らと接する時間がとても楽しく感じられるようになったことだ。清水君との会話のように、自分で気付かない自分の姿を教えてもらえたりする。

師走に入った頃、教授の部屋に呼ばれた。

「僕もいよいよ来春で定年を迎える。ついては君に後任の教授になってほしいと考えている。もちろん、僕の独断で決められることではない。年明けの教授会での承認が必要だが、僕が推薦すれば認めてもらえると思う」

青天の霹靂《へきれき》だった。立派な成果を上げていて、どう考えても自分より優秀だと思える先輩が何人もいた。仕事を一年以上も放り出して放浪の旅に行ってしまうような気まぐれ研究者に、教授などとても務まるはずがない、という忸怩《じくじ》たる思いもあった。

陽次郎の戸惑いを見て取って、教授は続けた。

「大丈夫。研究室のみんなをとりまとめ、若手をしっかり育ててくれている君の力量と見識は、身近で毎日見て十分分かってるつもりや。明日の研究室を、些末《さまつ》な得失にとらわれず、利他の心でしっかりと導いてくれる人は、君しかいない。細かい事務的なことはおいおい引き継ぐとして、研究の進め方や研究室の運営、若手の育て方などは、君の思うように進めてもらって結構だ」

そう言われても陽次郎には、浮き立つような喜びは湧かなかった。日頃の精勤を認めてもらえて、うれしくないと言ったらうそになるが、むしろ、雑務がさらに増えて、研究のための時間がますます削られるなと、憂鬱《ゆううつ》にさえなった。

そのとき、「知命＝五十にして天命を知る」という格言が、ふと頭に浮かんだ。人間は五〇歳になると天から与えられた使命を知り、自分の生きるべき道を悟る、という意味の孔子の言葉だ。今、自分もいよいよその年齢を超えたのだ。

——お前は周囲に迷惑をかけまくってアフリカに飛び出し、一年以上も好きなことをさんざんしてきたではないか。今度はみんなに借りを返す番だ。もうこれ以上、天命から逃げてはいけないよ。

と、もう一人の自分が背後からささやいたような気がした。

「身に余る大任ですが、謹んで受けさせていただきます」

一語一語、言葉を選んでゆっくりと答えた。緊張で声が少し震えた。

ひかり輝くものを求めて　エピローグ2

月日は少しさかのぼる。

はると陽子にも、新しい生活が始まった。

陽次郎が大学の研究室を掃除に出かけたのと同じ日、はるは、アフリカに行く前まで非常勤講師をしていた芸術大学を訪ねた。すでに辞めた身だが、長いこと世話になった職場なので、無事に日本に帰ったことを報告するためである。

事前に訪問を電話で知らせておいた。女性の学長が玄関の前庭まで出て待っていた。彼女は、大学の門をくぐったはるを見つけると、駆け寄って抱きしめ、

「まあ、しばらく！　元気そうで、本当に良かった」

はるの手をしっかりつかみ、積もる話は部屋でしましょうと言うなり、学長室へと引っ

張って行った。

「あなたがいつ帰られるのか、今日か明日かと、首を長～くして待ってたのよ」

学長は、はるをソファに座らせると、頼んだコーヒーが運ばれて来るのも待たず、いきなり立板に水で話し始めた。

「あなたがアフリカに行っちゃった後、私は声楽科の学生たちに責め立てられて、さんざんだったわ。『あんな良い先生を、どうして辞めさせたんだ』ってね」

はるが口を開く間を与えてくれない。この学長のせっかちは昔からだ。相手の話を聞くより先に、自分の用件をさっと切り出してこちらのペースに引き込んでしまう。ちゃっかり型の自己チューとでも言ったらいいだろうか。その明るい性格が憎めない魅力となって、大学をしっかり取りまとめてもいるのだが。

――早速始まったか。

はるは胸の中で苦笑いしながら聞いていた。

「大学が辞めさせたんじゃないのよ、はるさんの希望で辞めたの、といくら説明しても信じてくれないの。『何かイチャモンをつけて意地悪したに違いない』とも言われたわ。『はる先生が戻らないなら、こんな大学にいてもしょうがない。よそに移ろうかな』って言い出す学生まで現れてね。とうとう学生自治会が、あなたの復職嘆願書を突きつけてきたの。『はる先生が帰国した暁には、大学当局は直ちに本人と交渉して、学期の途中であろうと速やかに復職させるべく、できうる限りの努力をせよ』って」

学長は、和紙に毛筆で書かれたその嘆願書を、机の引き出しから取り出して見せた。

「もちろん、了解したわ。嘆願なんかなくても、そうするつもりだったわよ。そんなに学生から慕われてる先生をみすみす逃したら、大学としても大きな損失ですからね。前にあなたを正規の教員として雇いたいと申し上げたときに、あなたがどんなに渋っても押し切ればよかったと、つくづく後悔したわ。だから、今日はちょうど良いときに来てくださった。お願い！　できれば来週からでも、また教えに来てもらえないかしら。いいでしょう。いいと言ってちょうだい」

もはや「嫌だ」と言える雰囲気ではなかった。帰国のあいさつをするだけのつもりだったのに、はるがまだ何も言わないうちに、一足飛びで復職の話がまとまってしまった。

「家族とよく相談してみます」とはるが答えていったん引き取った二日後、学長から改めて電話が入った。

臨時教授会が早速開かれて、はるの復職が認められたと告げられた。はるが以前に指導していた声楽科の大学院生一人と今年入学した学生二人の個別指導と、来春まで週一コマ開講する音楽概論の授業の講師を受け持ってもらおうということになったという。さらに学長は、できれば大学合唱団の女声パートの指導も手伝ってほしいと付け加えた。建前は任意のサークル活動だが、声楽科の現役学生・大学院生全員と大勢のOB・OGが加入しているプロに近い団体だそうだ。

「え、そんなに。責任が重いですね」

はるは少したじろいだ。学長は、ここぞとばかりにプッシュしてきた。

「今は年度途中なので、当面は前と同じ非常勤講師ということになります。ただし、来年四月からは正規採用の専任教授として迎えたいと考えています。教授会の内々諾ももらいました。今度こそ、あなたに『逃げられ』たら大変ですからね。けっこう激務になると思いますが、ぜひ、ぜひ、受けてください」

この行動力と決断の速さには感心する。だからこそ学長が務まるのだろうけれど。

ただし、そこまで言われなくても引き受けようと思っていた。

——もう、ためらってはいけない。出し惜しみしてはいけない。

はるもまた、はるかなアフリカの地を訪ねて天命を知ったのだ。彼女の歌を喜んでくれ、必要としてくれる人がいてくれるなら、自らの持てる力をすべて捧げようと。

娘の陽子は、アフリカで過ごした一年余りの間に、ずいぶんたくましくなった。まだ完全に独り立ちしたとは言えないが、親が手取り足取りしなくても大丈夫だ。陽次郎もどうやら、ストレスから立ち直れた。はるが働きたいと言えば、理解してくれるだろう。

夜、陽次郎と陽子にあらましを報告した。

「へえ、良い話やないか。もちろん、異存ないよ。思う存分、働いたらいい」

陽次郎は率直に喜んだ。一点だけを除いては。

「僕は大学に勤めてから、ということは正規の教員・研究者になってからということやけど、二〇年以上になるのに、まだやっと准教授やぞ。それなのに、はるはいきなり教授か。ええなあ。いくら男女雇用機会均等でも、釈然としないなあ」

そのとき彼はまだ、教授昇進の内々示をもらう前だった。

「今は年功序列と違うのよ。需要対供給と実力とで評価が決まるんよ。きっとそのうち、お父さんにも運が向いて来るから、妬《や》かない、妬かない」

またもや娘にたしなめられた。

その陽子は、帰国するとすぐに仲良しの美晴に電話し、二週間のコロナ待機期間が明けると早速会いに出かけた。

「感染しないように屋外にしよう。建物の中はまだ危ないよ」

「私はずっと熱帯の奥地にいたから、海が見える所がいいな」

ということで、神戸のJR元町駅で落ち合い、海沿いのメリケンパークまで歩いた。日差しと残暑はまだきつかったが、灼熱のアフリカで鍛えていたので苦にならなかった。

この、かつてメリケン波止場と呼ばれてにぎわった神戸港の中心部は、阪神淡路大震災で大きな被害を受けた。コンクリートがひび割れて海に陥没した岸壁の一部が震災メモリアルパークとなって保存・公開されている。

二人は、その近くにある木陰のベンチに並んで腰掛け、近くに止まっていたワゴンの屋台で買ったホットドッグとソフトクリームをパクつきながら旧交を温めた。

陽子の一家がアフリカへ発った直後の春から、近畿圏でもコロナの感染者が爆発的に増え、学校は断続的に臨時休校を繰り返したこと、年末まで正常に登校できた日は半分に満たず、大部分の授業はインターネットを使ったリモート授業に切り替えられたこと、中学の同級生たちの中からコロナ感染者が数人出たけれど、幸い重症化した者はおらず、みんな無事だということなどは、すでに電話で美晴から知らされていた。この日は、電話では話せなかった、もっと核心に迫ることを聞きたかった。

「俊樹はどうしてる？　元気でいる？」

「R高校で元気にバスケを続けてるよ。一年生だった去年はコロナの流行で大きな大会が軒並み中止になっちゃって、活躍できるチャンスがなかったみたいやけど」

「今年はどうなん？」

「新潟で開かれた夏のインターハイに、R高校は京都代表として出場したわ。三回戦で惜しくも負けたけど。俊樹は進学コースでただ一人のレギュラー部員ってことで話題になったみたい。次は、ウインターカップっていう、高校バスケ最大の大会が年末に開かれるのね。チームは今、それに向けて練習を再開しているはずよ。その京都地区予選がもうすぐ始まるわ」

――会いたいなあ。

美晴の話を聞き、沖を行き交う出船入船をベンチから眺めながら、陽子の胸には、ひりつくような懐かしさが募った。

これには、後日譚《だん》がある。

R高校チームはウインターカップの京都地区予選を見事に勝ち抜き、東京で開かれる本大会への出場を決めた。美晴から陽子に電話が入った。

「最初の試合がクリスマスイブの十二月二十四日にあるんやて。東京まで一緒に応援に行かへん？」

「う〜ん、私なんかが突然お邪魔虫したら、俊樹の調子が狂って迷惑かけるんとちゃう」

「客席からそっと見てれば、分からへんよ。試合が終わってから〝ごたいめ〜ん〟すればいいやないの」

「でも……」

「アフリカに行く前に、とっくに『告白』はしたんやろ。だったら遠慮することないやない。ぐずぐずしてたら、ろくに恋もできへんうちに、おばあさんになっちゃうよ」

「……」

「んもう、じれったいなあ。陽子の返事を待ってたら、試合が終わってしまうわ。チケットは私が買って、会場まで私が案内してあげるから、とにかく、クリスマスイブは予定を空けといてね」

——そうだ。ここはキューピッド役を買って出てくれた美晴の好意に素直に甘えよう。

勇気を出して俊樹に会いに行こう。たくましくなって帰って来た私を見てもらおう。

という気持ちに、今の陽子は少しずつ傾いている。

陽子は秋の新学期が始まる前に、中学で通った学校の高等部に復学を申請した。学校は、何年生に編入させるべきかを見極めるためのテストを彼女に課した。高校一年で習う主な教科の筆記と実技、「アフリカで私が体験したこと」をテーマにした作文、それに体力測定だった。

結果は、国語と作文、英語、生物、地理が「知識にやや偏りがあるが、十分に一年生終了程度の学力あり」、美術と音楽は「高校終了程度の学力あり。特に実技に優れる」で、数学だけが「基礎学力に問題あり。一年生の課程の再履修が必要」だった。体力測定は「学科の体育は未履修だが、健康体で筋力が優れている」と評価された。

本来なら一学年遅れで一年生からやり直すべきところだが、数学だけを、コロナ禍の休校で十分に授業を受けられなかった生徒を対象に学校が行っている補習授業を一緒に受講することを条件に、特別に飛び級で二年生への編入を認められた。世界史や化学、物理など二年生から始まっている学科の一学期の分も、本人の希望に応じて補習授業を受けさせてもらえることになった。

元のクラスメートたちと同じ学年で、また一緒に学べることになったのだ。学校側の粋《いき》なはからいだった。

陽子はアフリカにいたとき、陽次郎とファーナムからアドバイスされて、日記を兼ねたフィールド・ノートを毎日つけていた。旅の日程やルート、その日その日に出会った未知の動物や植物、印象に残った出来事などを詳しく記録していたので、教科書的な知識ではないが、生物や地理の素養が自然に身についた。書いたノートは陽次郎とはるかに見せて添削してもらっていたので、文章力もついたようだ。テストの作文は苦もなく書けた。

両親に教わりながら、日本から持参した教材を使って毎日続けた英語の勉強も役に立った。ファーナムと話してネイティブな英語に親しめたのも大きかった。さらに原始のヒトたちの演奏を楽譜に起こしながら、音楽の理論もはるかから教えてもらった。重い荷物を背負って長い距離を歩いたりしたおかげで、腕力も脚力も、ひ弱な都会っ子よりずっとついていた。

つまり、学校は休んでも、知らず識らずのうちに、ちゃんと勉強ができていた。アフリカへ行ったからこそ、コロナ禍で休校続きだった日本でより、ずっと生きた勉強ができた。未開の原野で暮らしても、行住坐臥《ぎょうじゅうざが》すべての営みが勉強になっていたのだ。てんでんばらばらに飛びちらかったように見えた無数のジグゾーパズルのピースが、いつの間にかひとりでにつながって、壮大な宇宙のパノラマを形作っていくのを目の当たりにするような、不思議な感覚を陽子は覚えた。

クラブ活動は高等部でも美術部に入った。

ここでも入部テストらしいものがあった。どのくらいの筆力があるかを見るから、何か描いてみろと言われ、あいさつ代わりに、アフリカで出会ったライオン、サイ、ボノボたちを、「友」と題してF五〇号（約一一七センチ×九一センチ）カンバスに油彩で描いて持って行った。アフリカで撮った写真とスケッチを参考に、一カ月ほどかけて仕上げた。

「まるで、ホントに生きてるようや。特にこの目がね」

「さすが、コンクールで最優秀賞になっただけのことはあるね」

迫力ある大画面が、教師と先輩生徒のたちの度肝を抜いた。

だが、陽子はまったく満足していなかった。

――だめだ。彼らの生きる喜びや悲しみが、まだまだ描けていない。

華奢《きゃしゃ》な見かけに似合わず、陽子のフェイバリットは、ルネサンス～バロック期イタリアのアウトローの画家、カラヴァッジオだ。いかにも今風な写真そっくりのイラストや、軽めのポップアート、漫画・アニメなどには興味がない。カラヴァッジオのように、対象を照らすほのかな光の中に宿る魂の叫びをえぐり出せる画家になりたいと思っている。

——一からやり直しだわ。良い大学に進んできちんと絵と美術を習おう。俊樹に向かって胸を張れる画家になろう。

今度こそ、陽子の決心は固かった。

秋が深まった一日、陽次郎とはる、陽子の三人は、アフリカで録音した原始のヒトたちの音楽と、彼らから贈られた楽器、それに、それぞれの曲の構造や、どのようなときに演奏される曲であるかなどを解説した文章を携えて、大阪府吹田市の万博記念公園内にある国立民族学博物館を訪ねた。はると陽子が新たに作・編曲した「組曲：アフリカ　ひかり輝くものを求めて」の録音と楽譜も一緒に添えた。

原始のヒトたちが今も確かに生きているという証しを残すには、これらを自分たちの手元に秘蔵するよりも、博物館に寄贈して広く公開展示してもらうほうがよいと三人で話し合ったのだ。

もちろん、原始のヒトと本当に出会ったことは伏せて、「環境学のフィールドワークのために滞在した南アフリカとタンザニアの国境付近で、未知の部族に出会って聴かせてもらった音楽」ということにした。

一カ月ほどして、民博の館長から陽次郎の元に、長文の手紙が届いた。

ご寄贈くださった音楽を、当館のアフリカ民族学の専門家に精査させました結果、これまで知られている民族音楽とは系統が異なる、非常に珍しいものであることが分かりました。いただきました楽器とともに当館で大切に保管し、早期に公開展示させていただきたいと考えております。

つきましては、お願いが二つあります。

まず、一緒にいただきました解説文章は、音楽と出会った経緯や、音楽の構造と成り立ちなどが分かりやすく書かれていて、とても参考になります。論文としても優れたな内容だと思います。これを本年度の当博物館の紀要に掲載させていただけないでしょうか。ご了解頂けますなら、論文としての体裁を少し整えるため、当館の研究員からいくつかお尋ねする機会をいただけますと幸いです。

さらに、一緒にいただきました「組曲：アフリカ　ひかり輝くものを求めて」を、音楽の専門家に聴かせましたところ、「とても面白い。演奏してみたい」との評価をもらいました。そこで、これもご了解いただければですが、来春頃をめどに、当館一階のロビーで、お披露目のミニコンサートを催せないかと考えております。現代楽器のパートはこちらからプロの演奏者に頼もうと思いますが、お三方にも曲の解説役や民族楽器の奏者として加わっていただきたいのです。

これらのことを急ぎご相談したいと考えております。お忙しいところに突然割り込みまして、まことに勝手ばかり申しますが、近いうちに当博物館まで、ご家族おそろいでもう一度、ご足労願えないでしょうか。

「おーい、大変なことになってきたぞ」
陽次郎は早速、はると陽子に手紙を見せた。
アフリカから帰って、静かな日々が戻るかと思っていたのに、どうやら忙しい年の瀬と新年になりそうだ。ちょっぴりうれしいため息が出た。

（完）

「あとがき」にかえて

生きがいを見つけにくい現代

読者のみなさんは、もうとっくにお気付きのことと思いますが、この物語に私が託したかったのは、突き詰めて言えば、「人の生きがいって、いったい何だろう」という問いかけでした。どういうことなのか。蛇足ながら私の思いを、もう少し書かせてください。

現代は（そしておそらく、近い未来も）、生きがいを見つけることがとても難しい時代だと思います。幸せとか夢とか希望とかという前向きな感情を抱き続けて生きることが難しい時代、と言い直してもいいかもしれません。

確かに今の日本には、巷《ちまた》にあり余るほどの物とお金があふれています。高望みさえしなければ、日々の暮らしに必要な物は容易に手に入ります。飢えて死ぬ人はまずいません。

世界中ではまだまだ争いが絶えませんが、国内ではこの八〇年間近く、戦争で命を落とす人を出さずに済みました。医学が進歩して寿命も飛躍的に伸びました。今や人生百年時代とさえ言われます。娯楽や観光も、よりどりみどりです。私自身が幼なかった頃、多くの人が食うや食わずで生活に追われていた戦後の混乱期と比べると、とても同じ国と思えない繁栄ぶりです。

さてそれでは、その物質的な豊かさに比例して、人の生きがいも飛躍的に増えたでしょうか。残念ながら私には、どうしてもそうは思えないのです。

私は、応用心理学の研究者として長いこと大学に勤めながら、大学院在籍中の若い頃から、工場などで働く人たちの心理カウンセリング（相談）とフィールド研究に携わってきました。高度経済成長の余熱がまだ残っていた一九七〇年代半ば。大勢の若者が仕事を求めて故郷を離れ、はるばる関西や中京などの都会に集団就職で出て来ていました。

そこで私がしばしば目にしたのは、新しい土地で真面目に働き、一生懸命に生きようとしながらも、仕事や日々の暮らし、人間関係などとの板挟みになって疲れ切り、生きがいを見失って壊れてゆく人たちの姿でした。

例えば、こんな男性と知り合いました。仮にCさんとしましょう。

Cさんは高知県南端の小さな漁村の出身でした。太平洋に面した湾に囲まれ、住民の多くは煮出し用の雑魚《ざこ》を取る零細漁業で生計を立てていました。地元にはほかに産業らしい産業がないので、子どもたちの多くは男性も女性も、中学や高校を卒業すると県外に働きに出ました。彼もそうした一人でした。

中京地区にある照明、精密加工用品、自動車部品の総合メーカーに就職し、結婚して子どもができ、商品開発の仕事にも慣れたところに、キャリアアップ研修の一環だとして会社から出向を命じられました。まったく希望していない突然の異動でした。気持ちが晴れず、もやもやを胸一杯に抱え込んで、私のカウンセリングにやって来ました。

Cさんの妻は別に専門職の仕事を持っていました。子どもも学校に通っていたので、異動となれば彼が単身赴任せざるを得ませんでした。家の近くには、そろそろ介護が必要になる年老いた両親も住んでいました。とても受け入れることはできないと困りました。

それ以上私が尋ねても、Cさんの顔には何の表情も浮かんで来ません。何をどう感じているのか、うかがい知ることができませんでした。かなり強いプレッシャーを受けて、心が固まってしまった状態なのだと思われました。

Cさんはとても真面目で勤勉な人だったのでしょう。

「田舎に居続けても、とても食えないよ」

「都会に出れば、いくらでも仕事がある。ぜいたくな暮らしができるぞ」

などと親や親戚、学校の先生らからアドバイスされ、抵抗を覚えながらも、率直に従ったのかもしれません。しかし、いったんは納得したつもりでも、故郷という楽園から理不尽に引き離されたという思いは、重いトラウマとなって胸の奥底に沈殿しました。

懸命に働き、結婚し、子どもができて一家を構え、両親も近くに呼び寄せ、新しい故郷にようやくなじみかけたのに、そこも安住の地とはならなかったのです。一片の辞令で異動を命じられたとき、かつての故郷追放の記憶が悪夢となって、Cさんの脳裏にフラッシュバックしたのだと推察されます。

慣れ親しんだ生まれ故郷で両親や兄弟姉妹、親戚、気のおけない幼なじみの友らと交わり、自分にしかできない仕事や役割を与えられ、周囲から存在を認められて暮らせれば、それに優る幸せはあまりないでしょう。そのささやかできわめてまっとうな願いを二度にわたって奪われそうになったため、Cさんは落胆し、悩み、苦しんだのです。

——今の職場と仕事に満足している。それ以上の出世を望んでいるのでもないのに、なぜ無理やり転勤させるのだ。

――私は水入らずの団らんが欲しいだけだ。もう家族と離れればなれは嫌だ。

などとCさんの胸には、これまたまっとうな疑問が渦巻いたことでしょう。

――偉くなってもらうためのキャリアパスだ。そう長いことじゃないんだから。

――みんなにそうして異動してもらってるんだから、協力してよ。

などというのは多分に、会社側＝強者の都合にもとづいた理屈です。

とはいえ、私も学者・研究者。足踏みし、手をこまぬいてはいられません。Cさん本人の気持ちに寄り添い、じっくり時間をかけて面談しました。

回を重ねるにしたがい、家を離れることに「九〇％以上の不安がある」と明かしてくれました。異動のことを考えると胃痛や頭痛がときどき起きる、とも言っていました。さらに、職場の上司や同僚とも、意思疎通がうまくいっていないことも次第に分かってきました。それまでずっと我慢して表に出ていなかった怒りやイライラも出てきました。

Cさんが感情を率直に表してくれるようになり、ようやく中身のあるカウンセリングができると私は感じました。精神疾患ではなさそうなので、Cさんに健康回復の兆しが見られる場合は、いきいきと働けるように職場がストレスへの対処や対人関係の改善を含むサポート体制を考える、といったアドバイスを本人と会社に伝えました。一応は一件落着となって、私はカウンセラーとしての面目を何とか施すことができました。

ただし、Cさんの悩みそのものが、根本から消え去ったわけではありません。

——果たして、これで良かったのだろうか?。

私の胸には、難しい宿題を突きつけられたような思いが残りました。

転勤先で同僚が長いこと休んだため、その仕事をカバーして抑鬱《よくうつ》状態となった男性と出会ったこともありました。私は「過度に責任を感じないで、できる範囲で気を楽にして対処すればいいでしょう」とアドバイスしました。対人関係のストレスから心身症を発症して事務職から外されたという女性にも会いました。私は「一歩引いてスマイル、スマイルしましょう。心が軽くなりますよ」とアドバイスしました。

どれも心理学の教科書的には間違った対応ではなかったと思います。私は研究者・カウンセラーとして場数と経験を少しずつ積み重ね、さまざまなケースに動じないで的確に対処できるスキルを身に着けました。しかし、一方では、

——本当に必要なのは、こんな小手先のアドバイスと違うんじゃないかなあ。

という疑念が胸の中に膨らむのを、だんだん止められなくなってきたのです。

疎外された労働の果てに

むきだしの資本主義は残酷だなあ、とつくづく思います。

戦後の日本は、農林業・漁業などの第一次産業を「採算性が低い」として実質的に切り捨てる形で、地方から多くの若者を都会の企業労働力として動員し、奇跡といわれた経済復興をなしとげました。その結果、何十万人、何百万人、いや、何千万人ものCさんのような人たちが、住み慣れた故郷を追われて都会の根無し草となりました。

高度経済成長期はすでにはるかに過ぎ去りましたが、こうして生まれた根無し草の二世、三世を取り巻く状況は、今もあまり変わっていません。資本主義はむきだしの度合いをいっそう深め、私たちの生き方をますますきつく規制するようになりました。

現代の世界を席巻しているスローガンはさしずめ、「自由で公正な競争と世界規模《グローバル》に開かれた市場」でしょうか。

子どもたちは、物心がつくやつかずの頃から、厳しい競争にさらされます。親たちの期待を背負わされ、安定して高収入が望める良い会社、良い職業に就ける学校に入れるように、テスト漬けと偏差値評価で訓練され、振り分けられます。学校が終わった後も、時間を惜しんで学習塾や習い事に直行し、帰宅はすっかり暗くなってから。わんぱく盛りたちが路地裏や空き地で歓声をあげて、かくれんぼや、なわとび、草野球をして遊ぶ光景などは、すっかり昔語りとなりました。

多くの人々は郊外から、ラッシュの電車やバスに長時間すし詰めになって仕事場に通います。残業は相変わらず多いようで、帰りの電車やバスも深夜まで混み合います。

そのくせ一方では、雇い主の都合で簡単に解雇できる非正規雇用が増えました。そこへ新型コロナ感染症の流行が追い打ちをかけました。雇い止めや自宅待機が増え、多くの人々が望む仕事を得られないで困っています。働く人たちの立場はますます弱まり、不安定になりました。ワークシェアは掛け声倒れで、明らかにうまくいっていません。

男女雇用機会均等法が施行され、性による職場差別はかなり解消されてきましたが、働く人全体の環境が完全に改善されたわけではありません。むしろ、女性の職域にまでかつての男性並みのハードワークが拡大したといえそうなケースが散見されます。

互いに競争して絶えず成長し続けることを是とする現代のような社会には、ここまで行けたら終わりというゴールがありません。政治や経済の場でのもっぱらの関心は「平均株価が○○円上下した」「GDP（国内総生産）の伸び率が年○％」といった数字であり、人の生きがいとか幸せとかが、同じ熱意と頻度で真剣に議論されることはありません。放っておくと貧富の差はますます開いて、一握りの「勝ち組」と、大多数の「負け組」を構造的に生み出します。物質的な富だけでなく、生きがいとか幸せまで勝ち組が独占・寡占《かせん》して、負け組には深い嫉妬《ジェラシー》や怨念《ルサンチマン》、無気力《ニヒリズム》といった負の情動がまん延するのではないでしょうか。かつては故郷という地域コミュニティー、あるいは宗教などが、人々の生きがいや幸せを適正に制御する役割を担っていました。それが壊れてしまい、代わる新しい生き方の原理は、まだ見いだされていません。

それでも、これまではまだ救いがありました。どんなに意に染まない仕事を押し付けられようと、人間はまだ社会の重要な構成員であることに変わりなかったからです。

今、高度に発達したIT（コンピュータとネットワークを使う情報技術）とバイオテクノロジー（生命工学）が融合して画期的なAI（人工知能）が開発され、車の自動運転などはもとより、医療、教育、芸術・文化といった人間でなければできなかった知的な営みの分野にまで応用範囲を広げつつあります。

この現代の産業革命はおそらく一回限りではなく、長い期間何回も続くと思われます。多くの人々がアルゴリズム（コンピューターの計算・処理の方法）に仕事を次々に取って代わられ、生きがいどころか、「無用」のレッテルを貼られて存在意義そのものを奪われる……私たちは、そんな恐ろしい時代の入り口に立たされているのかもしれません。

青春映画なき世代と少子化

もっと身近なところに目を向けましょう。昨今、私がとても気になることの一つは、若者が青春映画・青春ドラマを見なくなったことです。

吉永小百合さんは私の一歳下で、私の青春時代の憧れの女優でした。「キューポラのある街」「泥だらけの純情」「伊豆の踊子」「愛と死をみつめて」……。彼女が主演した映画を見ることは、私たちの世代の「必修科目」でした。

もう少し年上の人たちなら石原裕次郎さん、もっと若い人たちなら山口百恵さんあたりでしょうか。現代にもアイドル・タレントはいますが、ちょっと違います。もっと大きくて、もっとひかり輝く存在でした。

若者たちは、この世界にはどうやらとてつもない悪がはびこっているらしいと気付く年頃になり、社会や大人たちが押し付ける理不尽に反発し、互いに似た境遇にある者同士が連帯を求めて映画館に足を運びました。そして自分たちの思いをスクリーンで躍動するスターたちに投影して喝采を送り、「今に見てておれ。きっと俺たちの時代をつくるぞ」と闘志を新たにしました。私が心理学を志した一九七〇年代は、すでに社会のいろいろな矛盾が顕在化していたとはいえ、普通の人たちがまだそうして、喜び・怒り・悲しみといったプリミティブな感情をストレートに表出していた時代でした。

今、あの頃の熱気はありません。映画もテレビも見なくなった若者たちは、スマホを握りしめてうつ向き、ＳＮＳやオンラインゲームを黙々とし続けています。「クサい芝居にだまされなくなっただけだ。みんな賢くなったのだ」などと言って楽観していられるでしょうか。人は喜怒哀楽を表わしてこそ生きた人間なのです。小さく四角いスマホのバーチャルな画面に、何か明るい未来が見えるのでしょうか？　生きがいを託せるヒーローもヒロインも神話も持たない人たちは、とても可哀想に見えます。

もう一つ気になるのは、昨今の人口減少・少子化です。

総務省の統計によると、二〇二二（令和四）年一〇月一日現在の外国人を含む日本の総人口は一億二四九四万七千人。前年より五五万六千人減り、一二年連続で減りました。また、厚生労働省の人口動態統計によると、二二年に生まれた赤ちゃんは前年比五・一％減の七九万九七二八人で、一八九九年の統計開始以来初めて八〇万人を割り込みました。

国立社会保障・人口問題研究所は、この傾向が今後も続くと日本の人口は、二〇六〇年に現在の約三分の二の八六七四万人程度、さらに二一一〇年には約三分の一の四二八六万人程度になると推計しています。

生き物は、厳しい環境下にあっても、いや、厳しい環境下ではなおさら懸命に繁殖して子孫を残そうとする本能を備えているそうですから、人口のこの急激な減り方は、やはりかなりの異常事態とみていいでしょう。

人が豊かになって中産階級化すると子どもの数は自然に減る▽夫婦が共働きできる保育施設が足りない▽教育などの子育てに費用がかかりすぎる……などと社会的な背景はいろいろ考えられるでしょうが、それだけでは説明がつきにくいように思います。

根本の原因はもっと単純、かつ深刻なのではないか。親になるべき若い人たちが、自分の体験に照らして未来を悲観し、人生は積極的に生きるに値しないと思うようになった。そして、可愛いわが子を生きがいのない人生舞台に送り出すことに「ノー」を突きつけるようになったということではないか……と心配するのは私だけでしょうか。

ちなみに全世界の人口は、国連によると、一九七四年に四〇億人だったのが、約半世紀後の二〇二二年に二倍の八〇億人を突破したと推計されています。極端な人口減少は、日本など一部の国・地域の特殊な現象のようです。

考古学者や生物学者によると、過去に起きた生物の絶滅は、主に次の三つのいずれかによるとみられるそうです。

①大隕石《いんせき》の落下などによる全地球的な環境の激変
②新たに登場したライバルとの生存競争に敗れる
③種全体がまるで生きる気力をなくしたかのように、子孫をつくるのをやめてしまう

現代日本のケースが③でなければいいが、と切に祈るばかりです。

この調子で問題点をあげていたら、際限がありません。一介の研究者である私の手にとても負えることではありませんので、これくらいにしましょう。

ただし、次の点だけはしっかり押さえておきたいと思います。

ストレスを背負って心を病み、私のところにカウンセリングに訪れる人たちは、ここ数

十年間、増えこそすれ、一向に減っていません。現代人が抱える悩み＝生きがいの喪失感は、やっぱりかなり深いのです。

「一期は夢よ」のひたむきささこそ

では、視座を変えて、生きがいのもとになるものとは、いったい何でしょう。

「居場所」と「役割」ではないかと私は考えています。

数は少なくてもいいから、互いに心底分かり合え、愛し合える仲間がいる居場所に恵まれ、そこで、他の人では代替えできないオンリーワンな役割を認められて打ち込むことができれば、たとえそれがささやかなものであっても、人はかなりの程度、満足できるのではないでしょうか。

人間は、生きるということを、ホモ・ディスケンス（Homo discens ＝学ぶ人）の段階を経て学び、類人猿からホモ・サピエンスへと着実に進化しました。動物にしても、親が子に教え、子が親から学びます。「教《をし》ふ」の原点には「愛《を》しむ」心があります。まず愛することから、自分と他者との関係が成り立ちます。人間愛、動物愛の中心には愛があって、そこに充実感、生きがいが生まれるのです。

ところが実際にはそれが、言うは易し行うは難しなのです。だから多くの人が、世に認めてもらおうとして、会社人間、組織人間となって仕事にのめり込み、より高い地位や肩書を得ようとして張り合い、お金を稼ごうと躍起になるのでしょう。

しかし、会社や組織での地位や役職など、一時の利害で生じた泡のようなものです。定年を迎えて辞めてしまえば無に帰します。過去の栄華にしがみつき、懐かしむくらいがせいぜいです。

お金の効能はもう少し長持ちするかもしれません。しかしそれでも、人の心まで買えるわけではありません。「カネの切れ目が縁の切れ目」と言われるように、やはり、うたかたのようにはかないものです。

いったいどうすれば、この負の輪廻《りんね》ともいうべき現代社会のくびきから抜け出せるでしょうか。地位や肩書、お金、あるいは競争、経済成長などといった尺度で測るのとはまったく別の原理が求められているのだと思います。

「一期《いちご》は夢よ。ただ狂え」とは、室町時代の歌謡集、閑吟集《かんぎんしゅう》の一節です。

「狂え」とはもちろん、文字通りに「気が狂え」ということではなく、「われを忘れるほどひたすらに打ち込め」という意味でしょう。

――この言葉のように、他人から何と言われようと、何と思われようと、自分がしたいこと、自分の天命だと信じられることを見つけ、愛する者たちのために命がけ、損得抜きの無我夢中、一心不乱で打ち込むしか、人生に生きがいを取り戻せる道はないのではないだろうか。

あっけないくらい単純な結論ですが、あれこれ思い悩んだ末に私は、そのように確信するに至りました。

そうは言っても、しがらみや予想外のことが多いこの世界。実際にどんな生き方ができるのでしょうか。本作は、必死になって乏しい知恵を振り絞った末の、私なりの生きがい実践の提案でもあります。もし、私自身がもう少し若かったら、こんな冒険の旅に出てみたい、という願望を込めました。

主人公の地球環境学者・陽次郎は、大学での研究が行き詰まって心身ともに疲れ切り、妻・はると娘・陽子を連れ、文明社会を逃れてアフリカの奥地へ逃避行します。はるも陽子も、それぞれに悩みを抱えての出発でした。そして三人はそこで、ひかり輝くもの＝生きがいの手がかりとなる驚くべきものと出会います。これ以上書くとネタバレになってしまいますので、あとは本文をお読みください。

物語は、過去の回想シーンを別にすれば、主に二〇二〇年早春から翌二一年夏まで約一年半にわたった陽次郎一家のアフリカ旅行を中心にして展開します。ちょうど日本では、新型コロナウイルス感染症が猛威を振るった時期と重なります。私自身もこの頃、体調を崩して心身ともに苦しみ、生きがいを見つけようと必死にもがいていました。

世の中の平均と比べたら、陽次郎たちは社会的にも経済的にも、とても恵まれた一家であると言っていいでしょう。「こんな家族、現実にはいないよ。何を脳天気なことを考えているんや」などと、読者からお叱りが聞こえてきそうです。

それでも彼らは、いつも私の脳裏に常にリアルに存在していました。目をそらさずに向き合い、対話を続けなければならないと感じる、本当の家族のような存在でした。

本作をSF小説とみなされるか、冒険ファンタジーとして読まれるか、あるいは突拍子もない妄想とお笑いになるか、もとより読者のみなさんの自由ですが、作者の私自身は、大真面目な写実小説のつもりで書きました。

さて、こうしてアフリカから帰った陽次郎、はる、陽子がこれから、本当の生きがいを見出すことができるかどうか。正直なところ、作者の私にも分かりません。彼らがアフリ力でした体験がかけがえのない宝となって、読者のみなさんが人生について考えるときにも役立ってくれればいいな、と切に願っています。

ふだんからストレス軽減を

心理学研究者としての私の生きがいは、現代社会のストレスにさらされている人たちの心の病気の予防・治療にお役に立つことです。

そこで、主に仕事を持って働いているみなさんに日常生活の中でしていただきたいことを書いてみました。専門的な話が少し出てくるかもしれませんが、お付き合いください。

いくら「一期は夢よ。ただ狂え」などと言っても、社会と関わりを持てば、どうしてもストレスにさらされます。それをため込まず、それに負けないようにふだんから気をつけるのは、とても大切なことです。

左ページの「仕事に関わるストレスのモデル」は、働く人たちがどのようなとき、どのような原因でストレスを感じ、その結果、心身にどのような症状を引き起こすか、また、その症状がどのような要因で促進されたり抑制されたりするかを図式化したものです。ア

仕事に関わるストレスのモデル

（森下，1999, 2020, その後一部修正 2023）

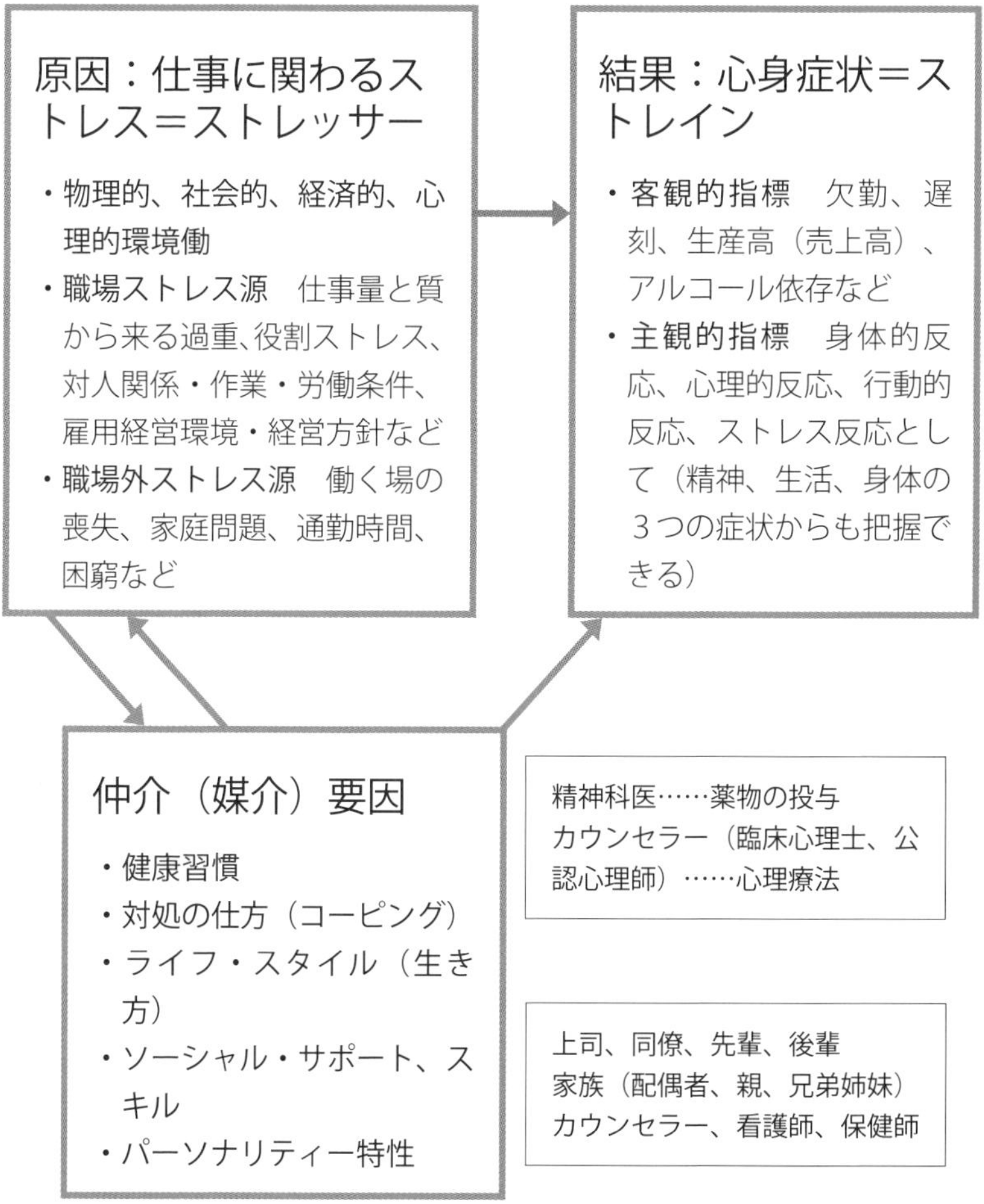

メリカの心理学者、リチャード・S・ラザルスの理論（一九八四年）をもとにして、カウンセリングなどで培った私なりの経験を加えて考えました。

仕事を持っている人はやはり、人生のかなりの時間を職場で過ごすのですから、自分の労働環境に問題がないかどうかを、ぜひ早めに知っておきましょう。

職場の内外にストレスの原因となることがないか▽生活習慣を整え、きちんと健康管理ができているか▽気分のイライラや落ち込み、不眠、精神的疲れなどの症状はないか……などといったことを、この図を参考にしてチェックしてみるといいでしょう。

もし、それで何か思い当たることがあれば、信頼できる職場の上司・同僚・先輩・後輩や家族などに相談することをお勧めします。人の意見を聞くことで、自分の状態を客観的に把握できます。精神科医や臨床心理士（カウンセラー）なら、専門家の見地から、より的確な評価と治療・アドバイスをしてくれるでしょう。一人で抱え込まないこと、大したことないと軽く考えないことが、症状を悪化させず早く治すための要点です。

近年、「ワーク・ライフ・バランス」という言葉をよく聞きます。各人が自分の時間を、仕事とそれ以外の友人との付き合いや趣味などに適切に振り分けるのが、心身の健康のために良いという考え方です。①仕事意識＝どんな仕事をどのようにしているか　②生活意識＝家庭や個人生活の充実度　③社会意識＝より広い社会に貢献しているか、という三本の軸の長さが正三角形になるのが望ましいとされています。本作の「コロナ禍の街に帰って　エピローグ1」（171ジ）でも紹介しましたので、ご参照ください。

また、アメリカの心理学者、サニー・L・ハンセンは、人が生きるうえでの大事なこととして、労働＝Labor、愛＝Love、学習＝Learning、余暇＝Leisure の「四つのL」をあげ、さらに、①グローバルな視点から仕事を探す　②人生を意味のある全体の中に織り込む　③家族と仕事を結ぶ　④多元性と包括性を大切にする　⑤個人の転機と組織の変革に共に対処する　⑥精神性、人生の目的、意味を探求する……の「六つの重要課題」を提唱しました。

詳しい説明は省きますが、人は仕事人としてだけでなく、社会のさまざまな場面で、さまざまな使命や役割を負って生きている。それを多角的かつ冷静に見つめ、一つずつおろそかにしないで取り組むことが、ひいては人を狭量な仕事人間に陥ることから救い、充実した人生に導くことにつながる――ということだろうと私は解釈しています。

自分をある程度客観的に見られるようになったら、身の回りのいろいろな使命や役割をどれくらい実現できているかを自己採点してみてください。

一〇〇点満点を目指す必要はありません。六〇点くらいで十分に及第です。三〇点でも問題ありません。私自身は、最高が八〇点くらいかなと思っています。

点が低くても、自分は役立たずのダメ人間だなどと悲観しないでください。誰でも得手不得手があって当たり前です。スーパーマンはいません。そもそもこれは、学校や会社のテストではありません。逆に、点数にゲタを履かせて自分を大きく見せようとするのも禁物です。その人本来の良さが失われてしまい、必ずほかの面にひずみが出ます。

例えば「自分は気が弱くて、管理職としての力が足りないなあ」と感じても、それはそれで自分の性格だと率直に認めるだけで、放っておいていいのです。リアルで等身大の自分を数値化して正しく認識することが、この自己採点の眼目です。

のんびりと構えているうちに、最初は低かった自己評価がいつの間にか上がったら、うれしいではありませんか。たとえどんなに気に入った仕事でも、仕事は仕事。人間、働きづめでは必ず破綻が来ます。少しずつ変わる自分を楽しみながら、焦らずゆっくりと自己改造しましょう。

健康な心身づくりは、生きがい捜しへの一里塚なのですから。

本音を聴きたい地球温暖化論争

多くの人たちが生きがいを見失っているうちに、私たちにさらに大きな問題が突きつけられました。気候変動＝温暖化による地球環境の激変です。

気候変動の何が問題なのかについては、本作の「悩める環境学者・陽次郎　日本篇1」（28～33ページ）などに陽次郎の述懐として書きましたので、ご参照ください。

CO_2などの温室効果ガスが大気中に増えるのを防止するために、さまざまな国際的なアプローチが始まっています。一方、「温暖化などない。このくらいの排出量で地球環境はビクともしない」と言って経済活動と成長のほうを重視する動きも根強くあります。今のところ残念ながら、環境重視派と成長優先派の主張は水と油で、ほとんどかみ合っていません。すでに大量の温室効果化ガスを排出していて既得権を失いたくない先進国と、これから大いに経済活動を伸ばしたい発展途上国との利害も絡んで、事態をさらに複雑にしているようです。

例えば、「極地の氷冠が解けて海面が上昇し、南洋の小島などが水没の危機に瀕している」と環境重視派が言えば、成長優先派は「南洋のサンゴ礁は次々に増殖するから、島の面積はむしろ増えている」と言います。「台風やゲリラ豪雨が増え、農業などに多額の被害が出ている」と環境重視派が言えば、成長優先派は「そもそも昔と今では世界の経済規模が違う。金額で被害を比べれば大きく見えるのは当たり前。台風や豪雨そのものが増えたわけではない」と正反対のことを言います。

さらに私がとても気になるのは、高い知見を持っているはずの両陣営の人たちがどうも、知っていること、本当のことをすべて出し切っていないように思えることです。自説を押し通すことばかりに熱心で、「不都合な真実」と真剣に向き合うのを避けているように見えてなりません。

環境重視派と成長優先派と、どちらの言い分が正しいのか、正直言って、この方面の専門でない私にはよく分かりません。ただし、たとえどんなに広大でも、地球は有限な一個の天体です。人類が資源とエネルギーの野放図な消費をこのまま続ければ、早晩、取り返しのつかない大きな破綻《カタストロフィー》が来るのではないかという心配をひしひしと感じます。

私自身の生活実感に照らすと、いろいろな花が咲く時期、蝉が鳴き始める時期などが、昔に比べて早くなりました。最近の夏の暑さは明らかに異常です。冬に氷や霜柱をめったに見なくなりました。やはり地球は確実に温暖化しているのだと思います。

避けられない自然災害なら仕方ないでしょうが、もし、今生きている私たちが傲慢《ごうまん》と怠慢でこの地球号という船を壊してしまったら、過去、現在、未来にここに生きる全生命に対して申し訳が立ちません。人知を結集した実りある議論と対策が、一日も早く進むことを切に願います。

サツマイモ作って小説書き

私事になりますが、先にちょっと書いたとおり、二〇二一年五月から六月、私は睡眠障害がひどくなって入院を余儀なくされました。

そのとき病床で見たＮＨＫテレビの「あさイチ」に、内科医で作家の南杏子《みなみきょうこ》さんが出演され、『いのちの停車場』（二〇二〇年、幻冬舎）という新作について語られました。六〇歳の女性医師が、老老介護や終末期医療、積極的安楽死といった重い課題と向き合うヒューマン小説です。

南さんは大学で服飾を学び、雑誌社で編集の仕事をしました。夫の仕事でイギリスで暮らした後、帰国して三三歳で医学部に編入学し、子育てをしながら研修医、大学病院の勤務医をしました。そして医者をするだけでは満足せず、五五歳になられた二〇一六年に、終末期医療を題材にした小説『サイレント・ブレス』（幻冬舎）を発表され、作家の道に進まれたそうです。

　話を聞いて私は、電撃的なショックを受けました。年を経ても志を忘れず、たゆまずに精進を続け、命とは？家族とは？人間の生き方とは？と問いかけ続ける南さんの精力的で真摯《しんし》な生き方に。

　――それに引き換え、俺は何をしているのだ。

　居ても立ってもいられなくなりました。ぼんやりとふせって悩んでいる場合ではないぞと思い立ち、早速、かねてからひそかに胸に温めていた本作の執筆に取り掛かりました。

　――どうせ眠れないんだから、かまうものか。

　半ば居直って、病室で頭に浮かんだことをスマホに書きとめ、自宅のパソコンに送りました。家に戻ってからは、パソコンのキーボードを夜通したたき続けました。小説を書こうなんて、もちろん初めての試みでした。どう書いたらいいか分からず、気のきいた言い回しなんてさっぱり思い浮かびません。なかなかはかどらずに悪戦苦闘して、ふと気付いたらいつの間にか、窓の外で白々と夜が明けていたこともしばしばでした。

徹夜をするなど、心身の健康を考えたら決して褒められることではありませんが、ともかくも私は、新しい生きがいらしきものに巡り会えたのです。コロナ禍がやがて収まれば、次代を担う人たちの生き方を含む文化をどう育むかが大事な問題となる。誰もが安心して暮らせる地球環境をどう整えるかにも、みんなが真面目に取り組むときが来る……と信じることが、私の心の支えでした。

私の家には畳一枚ほどの小さな庭があります。「紅はるか」という品種のサツマイモの苗を五株手に入れてそこに植えました。郷里が農家の隣人から栽培のコツを教えてもらい、砂と土を混ぜて畝《うね》を作り、黒いビニールシートを上からかけて乾きを防ぎました。夜通し小説の原稿を書いては、朝や昼に畑の芋に水をやり、「早う大きくなれ。大きくなれよ」と呼びかけました。

一〇月中旬、いよいよ収穫となりました。掘ってみたいと言う妻にスコップを渡して任せると、五〜一〇センチほどになった子どもの芋が、土の中から顔を出しました。

――おお、よう育ってくれたなあ！

妻と私は満足して顔を見合わせました。少し大げさですが、成就感、達成感にうち震えました。毎日何気なく踏みつけていた足元の土の下にさえ、こちらが真剣になって求めれば、生きがいのもとはちゃんと宿ってくれていたのです。

――この調子で、きっと小説も完成させるぞ。

収穫した芋をホクホクの焼き芋にして食べながら、私は志を新たにしました。

一一月、どうにか書き上げた初稿を持って、朝日カルチャーセンターを訪ねました。

「この小説を本にできますか」

と前のめりになる私に、チーフエディターの黒沢雅善さんは、

「着想は面白いですが、筋立てや表現があちこち破綻して、きちんと読める物語になっていません。一緒に時間をかけて、焦らないでじっくり仕上げましょう」

と辛口の評価。その日から、約一年半にわたった長い編集作業が始まりました。原稿を少しずつ書き直して毎月一回、黒沢さんに推敲・添削してもらいました。

学者であることを、いったんきっぱり忘れる▽専門用語を使わず、普通の言葉で書く▽読者の目線に降り立ち、自分自身をさらけ出す▽五つのW（when＝いつ、where＝どこで、who＝だれが、what＝何を）と一つのH（how＝どのように）を明確に▽いらないことは思い切って捨て、必要と思うことをとことん書き込む▽何気なさそうな細部の描写を大切にする▽文章は短く、歯切れよく。接続詞はなるべく使わない▽形容詞も極力使わ

ず、事実だけを地道に積み上げる……。

論文などの硬い文章ばかり書いていた身には、目からウロコの厳しい指摘の連続でした。おかげで、言いたいこと、訴えたいことをまがりなりにも、この一冊に注ぎ込むことができました。今は少しホッとしています。

まだまだ読みづらいところが多々あるかと思いますが、読者のみなさんのご批判を仰ぎたいと思います。

私の背中を押して本作を書く決心をさせてくださった南杏子さん、拙文を粘り強く編集してくださった黒沢雅善さんに、改めて感謝を申し上げます。

本書の刊行にあたり株式会社ナカニシヤ出版代表取締役社長・中西良氏には、心理学の学術書ではなく異例の一般書として理解の上、快く引き受けて頂きました。温かい目で最後まで見守ってくださいましたことに深謝致します。また、編集部部長・山本あかね氏には、励ましとご苦心を頂きました。衷心より感謝と御礼を申し上げる次第です。

二〇二三（令和五）年秋

ハル・モリシタ

●主な参考文献・参考論文 ＝順不同

神谷美恵子著『生きがいについて』（一九六六年、みすず書房）

神谷美恵子著『こころの旅』（一九七四年、日本評論社）

＝いずれも現在は『神谷美恵子コレクション』（みすず書房）として刊行

Morishita,Takaharu「A Study of The Fulfillment Sentiment in Elderly Persons Comparing with Contemporary Adolescence」（二〇〇四年、The 28th International Congress of Psychology Beijing,China）

森下高治著『産業心理臨床学の勧め　現代から未来につなぐ』（二〇一〇年、ナカニシヤ出版）

三隅二不二編著『働くことの意味　Meaning of Working Life：MOW の国際比較』（一九八七年、有斐閣）

中村桂子著『生命誌の世界』（二〇〇〇年、NHKライブラリー）

NIP研究会編『仕事とライフ・スタイルの心理学』（二〇〇一年、福村出版）

大野久著「現代青年の充実感に関する研究　現代日本青年の心情モデルについての

検討」（一九八四年、日本教育心理学会『教育心理学研究 32（2）』収録）
白井利明著『〈希望〉の心理学 時間的展望をどうもつか』（二〇〇一年、講談社現代新書）
田尾雅夫著『会社人間はどこに行く 逆風下の日本的経営の中で』（一九九八年、中公新書）
浦光博著『支えあう人と人 ソーシャル・サポートの社会心理学』（一九九二年、サイエンス社）
山極寿一著『ゴリラとヒトの間』（一九九三年、講談社現代新書）
山極寿一著『ゴリラの森に暮らす アフリカの豊かな自然と知恵』（一九九六年、NTT出版）
山極寿一著『京大総長、ゴリラから生き方を学ぶ』（二〇二〇年、朝日文庫）
山口智子編『働く人びとのこころとケア 介護職・対人援助職のための心理学』（二〇一四年、遠見書房）
山崎直子著『何とかなるさ！ ママは宇宙へ行ってきます』（二〇一〇年、サンマーク出版）
渡辺三枝子編著『新版 キャリアの心理学』（二〇一八年、ナカニシヤ出版）
南杏子著『サイレント・ブレス』（二〇一六年、幻冬舎）＝現在は『サイレント・

ブレス　看取りのカルテ』と改題して幻冬舎文庫から刊行
南杏子著『いのちの停車場』（二〇二〇年、幻冬舎）
ユヴァル・ノア・ハラリ著、柴田裕之訳『サピエンス全史　文明の構造と人類の幸福　上・下』（二〇一六年、河出書房新社）
ユヴァル・ノア・ハラリ著、柴田裕之訳『ホモ・デウス　テクノロジーとサピエンスの未来　上・下』（二〇一八年、河出書房新社）

ひかり輝くものを求めて

2023年11月30日　初版第1刷発行

定価はカヴァーに
表示してあります

著　者　ハル・モリシタ
発行者　中西　良
発行所　株式会社ナカニシヤ出版
〒606-8161　京都市左京区一乗寺木ノ本町15番地
Telephone　075-723-0111　Facsimile　075-723-0095
Website　http://www.nakanishiya.co.jp/
Email　iihon-ippai@nakanishiya.co.jp
郵便為替　01030-0-13128
編集・制作　株式会社朝日カルチャーセンター
〒530-0005　大阪市北区中之島2-3-18
中之島フェスティバルタワー18階
Telephone　06-6222-5023　Facsimile　06-6222-5221
Website　https://www.asahiculture.jp/nakanoshima
印刷・製本　尼崎印刷株式会社

日本音楽著作権協会（出）許諾第2307208-301号

ISBN978-4-7795-1764-8　C0093

本書は、書き下ろしです。